세계 교과서 동화
러시아

옮긴이 **권세영** / 그린이 **남정임** 외

KB211603

(주)학은미디어

모험과 감동의 나라로 달려가요!

눈보라가 치는 추운 겨울의 북쪽 나라 러시아를 아세요?

수염을 기르고 거대한 몸집에 두꺼운 털옷을 입고 긴 장화을 신고 털모자를 눌러 쓴 러시아 사람들은 얼핏 보기에 무뚝뚝하고 거칠어 보이지만 실은 매우 친절하고 순수하답니다.

그들은 긴 역사를 가진 자신들의 문학을 사랑하고 자랑스러워해요. 어린이들은 전래 동화 등을 소리내어 읽으며 꼬마 작가로 자라납니다. 러시아말은 어렵지만 소리내어 책을 읽으면 마치 노래하는 것 같지요. 톨스토이, 도스토예프스키, 푸슈킨, 체호프, 투르게네프, 고골리 등 세계적으로 유명한 작가들이 유난히 많은 것도 어릴 때부터 동화를 많이 읽기 때문이래요.

이 책에는 외로운 할아버지 할머니의 딸이 된 눈사람, 황금 물고기를 낚는 이상한 소년, 지혜로운 꾀로 무서운 곰에게서 도망친 꾀보 소녀, 세 왕국을 돌아다니며 어머니를 구한 용감하고 겸손한 이반 왕자, 땅에 심은 달걀 속에서 태어난 아이, 이런 주인공들을 도와 주는 신비로운 요정들과 말하는 동물들이 모험과 감동이 가득한 이야기를 펼칩니다.

러시아 사람들은 동물을 매우 사랑해서, 마치 서로 대화하는 것처럼 강아지와 고양이에게 말을 건답니다. 동물들 역시 사람들의 말을 알아듣는 것처럼 행동하지요. 러시아 사람들의 사랑과 정성을 알기 때문이겠지요?

빨간 벽돌로 둘러싸인 '크렘린'과 동화처럼 아름다운 성당, 끝없이 펼쳐지는 울창한 숲이 있는 러시아에 꼭 한번 가 보세요. 틀림없이 러시아 사람들과 러시아의 예술을 사랑하게 될 거예요.

엮은이 권세영

유럽

러시아

아시아

대한민국

아프리카

북아메리카

남아메리카

오세아니아

러시아 (Russia)

러시아는 유럽과 아시아 대륙에 걸쳐 세계 최대의 영토(구소련 면적의 76%)를 차지하고 있으며, 100여 개의 소수 민족들이 어우러져 살고 있는 복합 다민족 국가이다.

1917년 러시아 혁명 이후 한때 소련이라는 공산주의 국가의 중심을 이루었고, 제2차 세계 대전 후에는 미국과 함께 냉전 체제를 이끌며 전세계에 가장 큰 영향을 끼쳤다.

1992년 1월에 소련이 해체되자 완전한 독립 국가가 되었으며, 현재 21개의 공화국이 독립 국가 연합을 이루고 있다.

RUSSIA

- 정식 명칭 : 러시아 연방(Russian Federation)
- 위치 : 동부 아시아 및 동부 유럽
- 면적 : 1707만 5400㎢
- 인구 : 1억 4442만 명(2001년)
- 인구 밀도 : 8.5명/㎢(2001년)
- 수도 : 모스크바
- 정체 : 공화제
- 공용어 : 러시아어
- 통화 : 루블

차 례

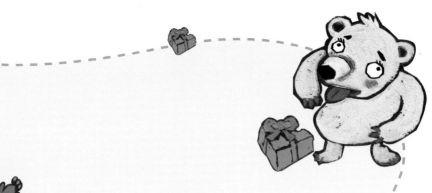

손바닥 백과

눈사람 아가씨

세상에는 여러 가지 일들이 수없이 일어나고, 그
런 일들 속에서 재미있는 이야기가 만들어집니다.

옛날에 할머니와 할아버지가 살았어요. 그들은
부족한 것이 없으리만큼 모든 것이 풍부했어요. 암
소도 있고 암양도 있고, 난롯가에는 수고양이가 평
화롭게 누워 있었어요.

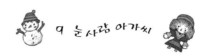

단 한 가지, 이 할아버지 할머니에게는 아이가
없었어요. 그래서 할아버지 할머니는 매우 우울했
어요. 아무리 좋은 것이 많아도 기쁘지 않았어요.

흰 눈이 무릎까지 쌓인 겨울 어느 날, 이웃집
아이들이 거리로 뛰어나와 신나게 썰매를 타고 눈
싸움을 했어요. 아이들은 눈사람을 만들기 시작했
어요.

창문 너머로 이 광경을 바라보던 할아버지가 할
머니 쪽으로 눈을 돌리고 말했어요.

"여보, 어때요? 저 아이들을 좀 봐요.
참 신나 보이지 않나요? 자, 우리
도 나가요. 우리도 실컷 놀아 봅
시다. 우리도 눈사람을 만듭시
다. 당신도 즐거울 거요. 자, 나
갑시다."

"하지만 여보, 밖에 나가서 무슨 눈사람을 만들지요? 아! 눈사람으로 우리 딸을 만들면 어떨까요?"

할아버지와 할머니는 밖으로 나가 눈밭에서 눈을 굴려 눈사람 딸을 만들었어요.

딸을 다 만들고 나자 두 개의 파란 구슬을 눈 대신 붙였고, 뺨에는 두 개의 보조개를 예쁘게 그렸어요. 입은 분홍 리본으로 장식했고요.

어디에 이렇게 아름다운 눈사람 딸이 있겠어요?

할아버지와 할머니는 눈사람 딸을 그냥 쳐다만 보았어요. 할아버지와 할머니는 보듬어 줄 수도, 이야기를 나눌 수도 없는 눈사람 딸을 쳐다보다가 오히려 더 우울해져서 집으로 돌아왔어요.

그런데 놀라운 일이 일어났어요. 할아버지와 할머니가 집으로 돌아간 뒤 눈사람 아가씨가 방글방

글 웃기 시작했어요. 머리에는 곱슬곱슬한 머리카락이 쑥쑥 자라나고, 다리와 손도 귀엽게 움직이기 시작했어요. 눈사람 아가씨는 서 있던 자리에서 발을 떼어 아장아장 걷기 시작하더니 이내 밭을 건너 할아버지와 할머니가 있는 집으로 와서 문을 똑똑 두드렸어요.

눈사람 아가씨를 본 할아버지와 할머니는 너무너무 당황하고 놀라서 정신을 잃었어요.

먼저 정신을 차린 할머니가 할아버지에게 소리를 질렀어요

"여보, 여기 우리 딸이 살아 있어요. 곱고 고운 눈사람 딸이요!"

할아버지와 할머니는 기뻐서 어쩔 줄 몰랐어요.

눈사람 아가씨는 낮에는 자라지 않고 밤에만 자랐어요. 눈사람 아가씨는 나날이 아름다워졌어요.

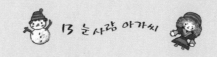

할아버지와 할머니는 눈사람 딸을 보지 않고서는 하루도 살 수 없었어요. 눈사람 아가씨의 얼굴은 새하얗고 눈은 호수같이 파랬어요. 곱슬곱슬한 머리는 허리까지 내려왔어요. 하지만 안타깝게도 눈사람 아가씨는 입술이 없었어요. 아니, 입술에는 붉은 핏기가 없었어요. 그러나 할아버지와 할머니에게는 정말 착하고 고운 눈사람 딸이었어요.

겨울이 지나고 따뜻한 봄이 왔어요. 꽃봉오리가 부풀어올라 향기로운 꽃 냄새를 따라 꿀벌들이 날아오고 종달새들이 노래를 부르기 시작했어요. 아이들은 화창한 봄 날씨에 마음이 들떠 재잘거렸고, 아가씨들은 곳곳에서 아름다운 노래를 불렀어요.

그러나 눈사람 아가씨는 우울증에 빠졌어요. 창 밖을 바라보면서 하염없이 눈물을 흘렸어요.

금세 뜨겁고 무더운 여름이 왔어요. 정원에는 꽃들이 앞다투어 피어나고 들판에는 곡식들이 무럭무럭 자랐어요.

눈사람 아가씨는 봄보다 더 심하게 얼굴을 찌푸렸어요. 햇빛을 피해 그늘이나 서늘한 곳으로 몸을 숨겼어요.

할아버지와 할머니는 그런 눈사람 아가씨를 보며 한숨을 쉬었어요.

"사랑하는 눈사람 딸아, 혹시 어디 아픈 거 아니니?"

"아니에요, 저는 건강해요, 할머니."

그러나 눈사람 아가씨는 구석에 몸을 숨기고 밖으로 나가는 것을 싫어했어요.

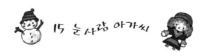

어느 날, 아가씨들이 산으로 산딸기와 월귤 같은 맛있는 열매를 따러 가기로 했어요. 아가씨들은 눈사람 아가씨도 함께 데려가기로 했어요.

"눈사람 아가씨, 우리, 산에 열매 따러 가요. 눈사람 아가씨, 어서 같이 가요!"

하지만 눈사람 아가씨는 숲에 가기가 싫었어요. 눈사람 아가씨는 햇빛을 쬐기 싫었던 거예요.

그런데 할아버지와 할머니가 재미있을 거라며 다녀오라고 권했어요.

"갔다 오렴, 아가야. 친구들하고 재미있게 놀다 오너라."

눈사람 아가씨는 바구니를 들고 이웃 아가씨들을 따라 숲으로 갔어요.

아가씨들은 넓은 숲을 이리저리 다니며 예쁘고 아름다운 화관을 만들어 머리에 쓰고 공주처럼 단

월귤 : 진달랫과의 작은 나무. 신맛이 나는 빨간 열매가 익음.
화관 : 꽃으로 만든, 머리에 쓰는 관.

장을 했어요. 그리고
춤을 추며 아름다운 목소
리로 노래를 불렀어요.

　그러나 눈사람 아가씨
는 차가운 시냇물을 찾았어
요. 시냇가에 앉아 차가운 물에서 놀았어요.
시냇물은 빠르게 물살을 일으키며 시원하게 흘러갔
어요. 눈사람 아가씨는 하얀 손을 적시며 물방울을
마치 진주처럼 가지고 놀았어요.

　어느덧 저녁이 되었어요. 하지만 아가씨들은 놀
이에 정신이 없었어요. 머리에 아름다운 화관을 쓴
채 나뭇가지를 모아 모닥불을 피웠어요. 그리고 모
닥불을 뛰어넘는 놀이를 시작했어요.

　눈사람 아가씨는 뛰고 싶지 않았어요. 그러나 친
구들이 눈사람 아가씨에게 함께 뛰자고 졸랐어요.

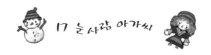

　하는 수 없이 눈사람 아가씨는 모닥불 가까이 다
가갔어요.

　눈사람 아가씨는 벌벌 떨기 시작했어요. 얼굴에
서 핏기가 가시고 아름다운 파란 눈에는 두려움이
가득했어요.

친구들이 소리쳤어요.

"눈사람 아가씨, 뛰어요! 어서요!"

눈사람 아가씨는 뛰기 시작했어요.

"뛰어요, 뛰어! 어서 뛰어요!"

친구들이 계속 뛰라고 소리쳤어요.

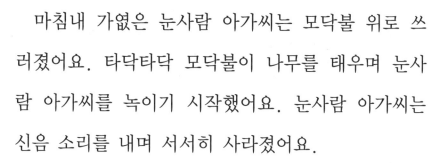

마침내 가엾은 눈사람 아가씨는 모닥불 위로 쓰러졌어요. 타닥타닥 모닥불이 나무를 태우며 눈사람 아가씨를 녹이기 시작했어요. 눈사람 아가씨는 신음 소리를 내며 서서히 사라졌어요.

눈사람 아가씨가 사라지면서 모닥불 위로 흰 연기가 피어 올랐어요. 흰 연기는 하늘로 올라가 하얀 뭉게구름으로 바뀌었어요. 구름은 높은 하늘로 날아갔어요.

가여운 눈사람 아가씨는 하늘에서 구름이 되어 할아버지와 할머니를 그리며 둥실둥실 떠다닌대요.

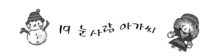

한겨울의 붉은 광장

크렘린의 망루

🔵 크렘린과 붉은 광장

러시아의 수도 모스크바 중심부에는 크렘린이라 불리는 성채 궁전이 있어요. 크렘린은 본래 도시 중심부에 건설된 요새를 일컫는데, 대표적인 것이 모스크바의 크렘린이지요. 모스크바의 크렘린은 한때 공산주의 독재를 나타내는 말로 일컬어졌어요.

크렘린의 정면에는 붉은 갈색 벽돌이 깔린 붉은 광장이 있는데 옛날에 차르(황제)가 이 곳에서 선언이나 판결, 포고를 내렸대요. 지금은 시위 행사나 사열식이 행해져요.

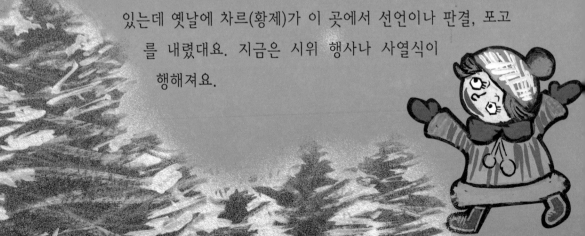

왕자와 거지

아주 먼 옛날, 아프가니스탄의 힌두쿠시 산맥 기슭에 작은 도시가 있었어요. 인도와 중국으로부터 온 많은 여행객들이 이 도시를 지나갔지요. 이 도시는 그 덕분에 번창했고 유명해졌지요. 특히 아름다운 성들이 유명했어요. 그 중에서도 가장 아름답고 훌륭한 성은 어느 부자 상인의 것이었어요.

그 상인은 동양의 여러 나라를 돌아다니며 직접 장사를 해서 엄청난 부자가 되었어요.

번창 : 붙고 늘어서 잘 되어 감.

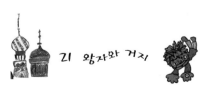

21 왕자와 거지

　부자의 성 앞을 지나가는 여행객들은 하얗게 빛
나는 대리석으로 만들어진 성과 그 문에 걸려 있는
황금 문고리를 보고 저절로 걸음을 멈추었어요.
　그런데 이상한 것은 그 대문 앞에 언제나 웬 거
지가 앉아 있다는 것이었어요.

그 거지가 입고 있는 누더기옷은 눈부시게 아름
다운 성과 너무나 대조적이어서 한눈에 그 거지를
알아볼 수 있었어요.

거지는 하루도 빠짐없이 무엇인가 비밀을 간직하
고 있는 듯한 얼굴로 고개를 수그리고 대문 앞에
앉아 있었어요.

어느 날, 어느 부자 나라의 왕자가 이 유명한 성
앞을 지나가다가 대문 앞에 앉아 있는 거지를 발견
했어요.

"가련하고 불쌍한 백성이여, 왜 이렇게 아름다운
성 앞에 앉아 있느냐?"

"오, 나의 자비로우신 왕자님."

거지는 일어나면서 말했어요.

왕자는 거지가 무슨 말을 하려는 것을 보고 놀라
서 물었어요.

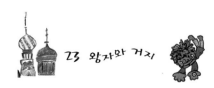

23 왕자와 거지

"오, 그래? 좀더 가까이 다가오너라! 무슨 할 말이 있느냐? 어디 한번 해 보거라!"

왕자는 거지에게 자신 곁으로 다가오라고 명령했어요.

"저는 왕자님의 관심을 받을 만한 가치가 없는 거지랍니다. 하지만 저에게는 아주 슬픈 이야기가 있답니다."

거지는 무릎을 꿇고 눈물을 흘리며 이야기를 하기 시작했어요.

"이 거대하고 아름다운 성은 한때 제 것이었습니다. 제 아버님께서 이 성을 물려주셨지요. 흑흑흑, 아버지는 우리 나라에서 가장 큰 상인으로 나라에서 손꼽히는 부자이셨습니다. 하지만 아버지가 돌아가시자 저는 아버지가 남겨 주신 유산으로 친구들과 매일 파티를 열고 밤낮으로 놀았

유산 : 죽은 사람이 남겨 놓은 재산.

세계 교과서 동화
24

답니다. 얼마 지나지 않아 제게는 마지막으로 보석 항아리와 이 성만 남았지요. 저는 돈을 빌리기 위해 항아리와 성을 지금의 성 주인에게 맡겼습니다. 하지만 그 돈마저 놀고 마시는 데 다 써버리고 말았습니다. 돈을 갚지 못한 저는 성에서 쫓겨났고 친구들도 모조리 떠나고 말았지요. 저는 이제 외톨이가 되었답니다. 하지만 이 성만큼은 저와 나란히 그 자리에 그대로 서 있어요. 이것 보세요. 아직도 이렇게 예전처럼 제 옆에 서 있지 않습니까? 부끄럽지만 이것이 저의 슬픈 이야기랍니다."

"아, 이런… 이런."

왕자는 거지를 측은한 눈빛으로 바라보았어요.

"정말 슬픈 일이로구나. 하지만 정말 교훈적인 이야기였어."

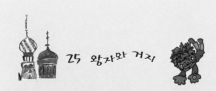

"그렇습니다, 왕자님. 만약 저에게 물려받은 돈의 일부나마 남아 있다면… 흑흑흑."

거지는 울면서 후회를 했어요.

"자비로우신 왕자님, 저는 오늘만큼은 정말로 행복한 사람입니다. 왕자님께 이렇게 속시원히 제 얘기를 털어놓게 되어서 정말 기쁘답니다. 저는 결코 오늘을 잊을 수 없을 겁니다."

"그래, 너의 마음이 그렇다면 절대로 잊지 말거라!"

왕자는 거지에게 용기를 주고 싶어 허리에 차고 있던 돈주머니를 열었어요.

"나에게 뜻깊은 이야기를 들려 준 보답으로 돈을 조금 주마!"

왕자는 돈주머니에서 금화를 꺼내고 거지는 돈을 받기 위해 낡은 주머니를 왕자 쪽으로 내밀었어요.

"자비로우신 왕자님, 정말로 감사합니다!"

거지는 너무 기쁜 나머지 자신의 낡은 주머니를 왕자님께 더 바짝 대고 주둥이를 넓게 벌렸어요.

"오, 착하고 자비로우신 왕자님! 조금만 더 주세요. 더요, 더!"

"네게는 많은 금화를 담을 수 있는 주머니가 없지 않느냐? 그리고 지금의 너에게 많은 돈은 오히려 도둑들의 사냥감이 되고 말아."

왕자님은 거지를 바라보면서 주의를 주었어요.

"아니에요, 왕자님. 이렇게 주머니를 꼭 붙잡고 있으면 그 누구도 훔쳐 가지 못해요."

거지의 눈은 탐욕으로 가득 차 있었어요.

"왕자님, 더 주세요. 제 주머니는 이렇게 단단한걸요!"

왕자님은 그 주머니가 너무 약하다는 것을 잘 알

탐욕 : 지나치게 탐내는 욕심.

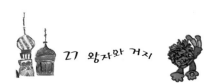

27 왕자와 거지

고 있었지만 거지의 바람대로 금화를 더 주었어요.

마침내 금화로 가득 찬 주머니가 터지고 말았어요. 금화는 순식간에 사방으로 흩어져 데굴데굴 굴러갔어요.

순간, 주위에서 이 광경을 바라보던 사람들이 몰려들면서 큰 소동이 벌어졌어요. 금화를 주운 사람들은 왕자가 붙잡을까 봐 부리나케 흩어져 버렸어요. 순식간에 벌어진 일이라 거지는 금화를 한 개도 줍지 못했지요.

"엉엉, 내 돈! 내 돈!"

거지는 그 자리에서 무릎을 꿇고 쓰러져 울기 시작했어요.

때는 이미 늦고 말았어요. 사람들은 자취도 없이 사라져 버렸고, 거지는 욕심 때문에 또다시 모든 것을 잃어버렸지요.

화가 난 왕자님은 말머리를 당겨 자신의 왕국으로 향하며 소리쳤어요.

"자, 당장 이 곳을 떠나자! 저 욕심 많고 탐욕스런 거지는 앞으로도 평생을 거지로 살면서 고생하겠지. 저 거지는 다시는 시작하지 못할 거다! 어리석은 것 같으니!"

황금 물고기

옛날옛날 한 옛날에 이고르라는 키가 크고 잘생긴 소년이 살았어요. 이 소년은 얼마나 게으른지 무슨 일을 하든지 귀찮아했어요. 이고르는 먹는 것도 싫어하고, 일하는 것은 더욱더 싫어하는 정말로 게으른 소년이었어요.

그런데도 이고르는 자신이 러시아에서 가장 행복한 사람이라고 여겼어요.

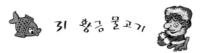

어느 여름날, 이고르는 숲으로 들로 놀러 다니다가 높고 푸른 하늘 아래 벌렁 누웠어요. 옆에는 과일 나무가 있어서 열매를 따 먹을 수 있었어요.

같은 마을에 사는 농부들은 그를 미워하거나 나무라지 않았어요. 오히려 이고르를 사랑하여 겨울에는 잠잘 자리를 마련해 주고 맛있는 음식도 나누어 주었어요.

어느 해 겨울, 그 날 따라 무척 춥고 어두운 밤이었어요.

이고르는 잠을 자다가, 이상하지만 너무나도 진짜 같은 꿈을 꾸었어요. 꿈 속에서 이고르는 호숫가에 앉아서 물고기를 잡고 있었어요. 그 곳에서 이고르는 이제껏 한 번도 본 적이 없는 예쁜 물고기들을 보았어요. 이고르는 욕심이 생겨서 한 마리를 잡아서 한 쪽 고리에 걸고 또 한 마리를 잡아서

다른 고리에 걸었어요. 정말 이상하게도 물 속에서는 빨간색이던 물고기가 고리에 걸리자마자 금빛 물고기로 변했어요.

아침이 되자 이고르는 잠에서 깨어났어요.

이고르는 하루 종일 어젯밤에 꾼 꿈을 생각하며, 틀림없이 어딘가에 금빛 물고기가 있을 거라는 생각을 하기 시작했어요.

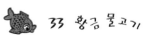 33 황금 물고기

그 때까지 아무 걱정 없이 행복하게 살아 온 이고르였지만, 이제 낮에는 황금 물고기만 생각하며 놀고, 밤이면 밤대로 황금 물고기 꿈만 꾸었어요.

게으르고 어리석은 이고르는 마침내 이상한 호수가 이 세상 어딘가에 있을 거라는 생각에 사로잡혀 그 이상한 호수를 찾아 내기로 결심했어요.

드디어 추운 겨울이 지나고 봄이 왔어요. 숲 속의 호숫물도 녹기 시작했어요. 이고르는 낚시 도구를 찾아 들고 이상한 호수를 찾아 길을 떠났어요.

정말 이고르의 낚싯바늘에 황금 물고기가 걸릴까요? 정말 이고르 자신만의 귀중한 호수를 발견할 수 있을까요?

봄날이 거의 다 가도록 이고르는 이상한 호수를 발견하지 못했어요.

이렇게 봄이 지나가고 여름이 찾아왔어요.

그 날도 이고르는 숲 속의 조그만 호수 옆에서 낚시를 하고 있었어요. 나무 옆에 앉아서 한숨을 쉬며 물 속을 바라보았지요. 그런데 큰 물고기가 헤엄을 치며 이고르에게 다가와서 이고르의 바늘을 물었어요. 이고르는 재빨리 큰 물고기를 잡아 올렸어요. 그 큰 물고기는 쏟아지는 여름 햇살에 마치 황금처럼 빛나기 시작했어요.

　어리석은 이고르는 소리를 질렀어요.

　"야, 황금 물고기다!"

　그런데 너무 기쁜 나머지 다 잡은 물고기를 놓쳐 버리고 말았어요. 큰 물고기는 몸을 흔들더니 재빠르게 물 속으로 헤엄쳐 도망가 버리고 말았지요. 이고르는 매우 실망했어요. 그렇게 기다리던 황금 물고기를 놓쳤으니, 얼마나 안타까웠겠어요?

　그러나 이고르는 틀림없이 이 호수에 황금 물고

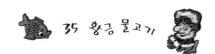

35 황금 물고기

기가 살고 있다고 믿기 시작했어요.

　드디어 어리석은 이고르는 꿈 속에서 보았던 이상한 호수를 발견한 거예요!

　이고르는 매일 이 호수에 나와서 열심히 낚시를 하였어요.

　마을에 사는 농부들 사이에 이고르가 밤마다 황금 물고기를 잡는 꿈을 꾼다는 소문이 돌기 시작했어요. 이고르가 매일 낚시를 하러 호숫가에 앉아 있다는 소문은 마을 사람들을 흥분하게 만들었어요. 일하기 싫어하고 게으른 이고르가 낚시를 한다는 것은 재미있는 일이니까요. 그래서 동네 사람들은 호숫가로 이고르를 구경하러 몰려왔어요.

　"어이, 이고르. 어떻게 황금 물고기를 잡을 거야? 내 것도 한 마리 잡아 줄 수 있어? 이고르, 너무 기대하지 말게. 하하하!"

마을 사람들이 아무리 약을 올려도 이고르는 언젠가 반드시 황금 물고기를 잡을 거라고 믿고 조금도 신경쓰지 않았어요.

이고르를 놀려 대면서도 마을 사람들은 이고르가 잡아 올린 보통 물고기를 이고르를 위해서 사 주었어요. 마을 사람들은 신선한 물고기를 싼 값에 살 수 있었지요.

마을 사람들은 언젠가 이고르가 황금 물고기를 잡아서 마을 사람들을 모두 부자로 만들어 줄 거라는 희망에 부풀어 행복했어요.

마침내 러시아에서 가장 게으르지만 가장 행복한 사람이 살고 있다는 소문이 러시아 방방곡곡에 퍼졌어요.

그 소문은 러시아 왕국의 왕에게도 들어가, 왕은 신하를 보내어 소문이 사실인지 알아 오게 했어요.

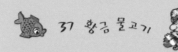

왕은 이런 게으름뱅이를 이해할 수가 없었어요. 또한 그런 게으름뱅이를 마을 사람들이 사랑하고 그를 위해 필요한 모든 것을 제공해 준다는 사실도 믿을 수가 없었어요.

왕이 보낸 신하가 이고르가 살고 있는 마을에 도착하였어요.

여전히 이고르는 황금 물고기를 낚겠다고 호숫가에 앉아 있었어요.

왕의 신하가 이고르에게 말을 건넸어요.

"네가 이고르냐? 러시아의 왕께서 너에게 자비를 베푸실 거다. 이런 재미 없고 지루한 일은 그만두고, 너에게 큰 축복을 내려 주실 왕의 어명을 받들어 자비로우신 왕과 함께 살도록 해라! 너는 아무 일도, 아무 걱정도 없이 그냥 왕의 보살핌 속에 살기만 하면 되는 거야."

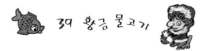

왕의 신하는 이고르가 세상에서 가장 행복한 사람이 아니라 가장 어리석고 멍청한 게으름뱅이에 불과하다고 생각했어요.

"이고르, 너는 아무 일도 할 필요가 없어. 더구나 너는 부자가 될 수 있어. 자비로운 왕께서 너에게 많은 돈을 주실 거다."

"저기 저 호수를 보세요. 저 호수 속에는 황금 물고기가 가득하다고요. 저는 왕이 베풀어 주시는 그런 호의는 필요 없어요."

이고르는 왕의 제의를 받아들이지 않았어요.

"아니, 정말 왕의 은총을 받기가 싫다는 거냐?"

"네, 다음에 받죠 뭐."

이고르는 보기 좋게 신하의 말을 거절했어요.

그 신하는 아무 소득 없이 그냥 궁전으로 돌아갈 수밖에 없었어요.

호의 : 친절한 마음씨.

그리고 이고르는 여전히 호숫가에 남아 계속 물고기를 잡았어요.

이고르는 이 호수에 황금 물고기가 있을 거라고 굳게 믿었고, 평생을 낚시를 하면서 보냈어요.

그래서 마을 사람들은 이 호수를 아직까지도 '황금 물고기 호수' 라고 부른답니다.

손바닥 백과

노보데비치 수도원

성 바실리 대성당

🔴 러시아 정교

러시아의 대표적인 종교는 러시아 정교(그리스 정교, 동방 정교 등으로도 불림)예요. 러시아 정교는 일찍이 10세기 무렵에 러시아에 전래되어 크게 발전하였는데, 1917년 러시아 혁명 이후 러시아가 사회주의 국가가 되면서 쇠퇴하였어요. 그러나 1980년대 후반부터 사회주의 체제가 무너지고 종교의 자유가 허용되면서 다시 러시아의 대표적인 종교로 성장 하였어요.

러시아에는 양파 모양의 여덟 개의 지붕을 가진 성 바실리 대성당 등 동화의 나라를 연상시키는 러시아 정교 수도원과 성당이 많이 남아 있어요.

마셴카와 곰

옛날옛날에 할아버지와 할머니가 살았어요. 그들에게는 마셴카라는 손녀딸이 있었어요.

어느 날, 마셴카의 친구들이 숲으로 버섯이랑 열매를 따러 가자며 마셴카를 데리러 왔어요.

마셴카는 할아버지와 할머니에게 여쭤 보았어요.

"할머니, 친구들하고 숲에 버섯이랑 열매를 따러 가도 될까요?"

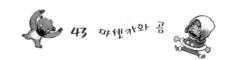

"되고말고. 하지만 친구들과 너무 멀리 떨어지지 않도록 해야 해. 안 그러면 길을 잃게 된단다. 알았지?"

"네!"

마셴카와 친구들은 숲으로 갔어요. 그 곳에서 버섯을 따고 열매를 줍기 시작했어요.

마셴카도 크고 작은 나무들과 덤불 사이를 돌아다니며 싱싱한 버섯과 열매를 모았어요. 그러다 자기도 모르는 사이에 친구들 곁을 벗어났어요.

마셴카가 문득 고개를 들어 보니 아무도 없었어요. 마셴카는 혼자라는 사실을 알고 너무 무서웠어요. 큰 소리로 친구들을 불러 보았지만 아무 대답도 들리지 않았어요.

마셴카는 길을 잃고 자꾸만 더 깊이 숲으로 걸어들어갔어요. 끝내는 완전히 길을 잃어버렸어요.

마셴카는 인적이 드문 우거진 숲까지 들어갔어요. 그런데 다행히 저 멀리 오두막집이 보였어요. 마셴카는 오두막집을 향해 달려갔어요.

마셴카는 오두막집의 문을 두드리며 소리쳤어요.

"아무도 없어요? 여보세요!"

집 안에서 아무 기척이 없자 마셴카는 문을 밀어 보았어요. 그러자 문이 스르르 열렸어요.

'아무도 없네.'

마셴카는 아무도 없는 오두막으로 들어갔어요.

'누가 여기에 살지? 왜 아무도 보이지 않지?'

실은 이 오두막에는 거대한 곰이 살고 있었어요. 곰이 숲에 가 있는 사이에 때마침 마셴카가 집에 들어왔던 거예요.

저녁이 되자 곰이 집으로 돌아왔어요. 곰은 마셴카를 보고 깜짝 놀랐지만 다른 한편으론 기쁘기도

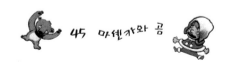

했어요. 혼자서 사는 게 너무너무 쓸쓸했거든요.

마셴카는 곰이 너무너무 무서웠어요. 할아버지와
할머니가 걱정을 하시고 계실 것을 생각하니 눈물
이 쏟아졌어요. 하지만 밖은 캄캄하고, 어린 마셴
카로서는 달리 어떻게 할 방법이 없었어요.

곰은 마셴카를 오두막에 머무르게 했어요. 곰은

하루 종일 숲에 가서 지냈는데, 마셴카에게는 자기와 함께가 아니면 어느 곳에도 갈 수 없다고 말했어요.

"만약 네 마음대로 도망가면 너를 잡아먹어 버릴 거야!"

마셴카는 어떻게 곰으로부터 도망칠까 곰곰 생각했어요. 주위는 온통 숲이고, 어느 방향으로 가야 할지 알 수도 없었어요.

마셴카는 생각하고 또 생각했어요.

그리고 곰이 숲에서 돌아오자 마셴카가 말했어요 "곰님, 오후에 마을에 들러도 될까요? 우리 할아버지와 할머니께 전해 줄 선물이 있어요. 잠깐만 갔다 올게요."

"안 돼! 너는 숲에서 길을 잃을 거야. 선물을 줘. 내가 직접 전해 줄게!"

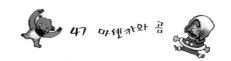

마센카는 좋은 꾀를 생각해 냈어요.

마센카는 할아버지와 할머니께 전해 줄 파이를 구웠어요. 커다란 상자가 가득 차도록 구웠지요. 그리고 곰에게 말했어요.

"파이를 좀 구웠어요. 파이를 이 커다란 상자에 넣어 줄 테니, 곰님이 상자를 우리 할아버지와 할머니께 전해 주세요. 그런데 가는 길에 절대로 상자를 열지 마세요. 파이도 꺼내지 마세요. 내가 참나무에 올라가서 곰님을 지켜 볼 거예요!"

"좋아, 알았어. 상자를 이리 줘!"

"잠깐 밖에 좀 나갔다 오세요. 비가 오는지 안 오는지 살펴보고 오세요."

곰은 마센카가 시키는 대로 밖으로 나갔어요.

곰이 나가자마자 마센카는 재빨리 파이 상자 안으로 들어갔어요. 그리고 파이를 머리에 이었어요.

"곰님, 빨리 들어오세요. 나는 이제부터 잠을 잘 거니까 깨우지 마세요. 문 앞에 파이 상자를 놓아 둘 게요."

마셴카가 상자 안에서 소리쳤어요.

다시 안으로 들어온 곰은 커다란 상자를 바라보았어요. 아무런 이상한 점도 깨닫지 못한 곰은 상자를 등에 지고 마을로 갔어요.

곰은 소나무 사이를 지나서 천천히 걸었어요. 골짜기를 내려가서 작은 언덕을 올라갔어요. 쉬지 않고 걷다 보니 곰은 심심해졌어요. 그래서 곰은 그루터기에 앉아 노래를 부르기 시작했어요.

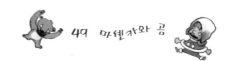

그루터기에 앉아

파이를 먹자!

그러자 마셴카가 상자 안에서 노래를 했어요.

보인다, 보여!

그루터기에 앉지 마!

파이를 먹지 마!

할머니께 가져다 줘,

할아버지께 가져다 줘!

'아이쿠! 엄청 큰 눈이 나를 보고 있구나!'

곰은 깜짝 놀라 상자를 메고 다시 걷기 시작했

어요. 자작나무 숲길을 지나 시냇가를 건너

쉬지 않고 걸어갔어요.

한참을 가다 보니 곰은 또다시 지루하고
심심해졌어요. 곰은 다시 그루터기에 앉아
노래를 부르기 시작했어요.

그루터기에 앉아
파이를 먹자!

그러자 상자 안에서
또다시 마셴카가 노래를 불렀어요.

보인다, 보여!
그루터기에 앉지 마!
파이를 먹지 마!
할머니께 가져다 줘,
할아버지께 가져다 줘!

51

곰은 또 놀랐어요.

'우아, 마셴카는 귀신인가 봐! 높이

앉아서 멀리 있는 나를 계속 보고 있잖아!'

곰은 일어나서 걸음을 서둘렀어요. 마침내 곰은

마을에 도착하여 할아버지와 할머니가 살고 있는

집을 찾았어요.

곰은 있는 힘을 다해서 문을 두드렸어요.

"탕! 탕! 탕! 열어 보세요! 문 좀 열어 보세요!

마셴카의 선물을 가져왔어요!"

그러자 마셴카네 집에 있던 개가 곰의 냄새를 맡

고 갑자기 곰에게 달려들었어요. 개는 온 마당을

뛰어다니며 짖었어요.

깜짝 놀란 곰은 문 앞에 상자를 놔 둔 채 뒤도

돌아보지 않고 숲으로 달아났어요.

문 두드리는 소리를 들은 할아버지와 할머니가

문을 열고 나왔어요.

"웬 상자지? 상자 안에 뭐가 들었지?"

할아버지가 상자의 뚜껑을 열었어요. 안을 들여
다본 할아버지는 자신의 눈을 믿을 수가 없었어요.

상자 안에는 그토록 찾고 찾던 마셴카가 매우 건강한 모습으로 환하게 웃으며 앉아 있었거든요.

"아이고, 우리 사랑스러운 마셴카! 살아서 돌아왔구나!"

할아버지와 할머니는 마셴카를 끌어안고 입을 맞추고 기쁨의 눈물을 흘렸어요.

마셴카는 사랑하는 할아버지와 할머니와 함께 오래오래 행복하게 살았대요.

사냥꾼 아게이

옛날옛날 한 옛날에 아게이라는 사냥꾼이 살았어요. 아게이에게는 매우 아름답고 착한 마리야 크라사라는 아내가 있었어요.

어느 날, 마이니라는 왕이 숲 속으로 사냥을 하러 왔어요. 그 왕은 사냥꾼 아게이의 집 앞을 지나가다가 오두막 앞 계단에 앉아 있는 아름다운 마리야 크라사를 발견하였어요.

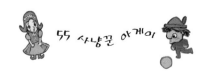

왕은 지금까지 이렇게 예쁘고 천사 같은 여인을 본 적이 없었어요. 여인의 머리카락은 금빛으로 찬란했고, 눈동자는 푸른 하늘과도 같은 짙은 푸른색이었어요.

왕은 마리야 크라사에게 다가가 말을 건넸어요.

"너는 누구냐? 여기서 혼자 무엇을 하고 있느냐?"

"저는 혼자가 아니랍니다. 남편과 함께 이 곳에서 살고 있습니다."

마리야 크라사가 고운 목소리로 말했어요.

왕은 마리야 크라사의 아름다움에 취해 그녀에게서 눈을 뗄 수가 없었어요. 가까스로 정신을 차린 왕이 다시 입을 열었어요.

"너의 남편은 정말로 행복한 사람이로구나. 너처럼 아름다운 아내와 함께 살고 있으니 말이다."

왕은 아쉬운 마음
을 달래고 궁전으로
발길을 돌렸어요.
　그 날, 왕은 나랏일을
돌보는 것조차 잊고 멍하니
앉아 오직 낮에 만난 마리야 크라사
만 생각했어요.

　'아, 어떻게 하면 그녀를 다시 만날 수 있을까?
너무도 보고 싶구나! 그녀가 내 아내라면 얼마나
좋을까! 나는 그녀에게 첫눈에 반했어. 그래, 그
녀와 결혼을 하자! 그녀는 단지 평범한 사냥꾼의
아내일 뿐이야. 그리고 나는 이 나라의 왕이지.'
왕은 날이 밝자마자 총리를 불러들였어요.
　"어떻게 하면 좋겠나? 나는 그녀를 사랑하지만
그녀는 이미 사냥꾼의 아내란 말일세."

"위대하신 왕이시여, 그 사냥꾼을 멀리 보내 버리십시오."

"어디로 보내면 좋겠느냐? 그리고 무슨 이유를 달아 보낸단 말이냐?"

"무엇인가를 가지고 오라고 하십시오."

총리가 머리를 조아리며 말했어요.

왕은 당장 사냥꾼을 궁전으로 불러들였어요.

"사냥꾼 아게이는 듣거라! 너는 빨리 떠날 차비를 하거라!"

"자비로우신 왕이시여, 저에게 어디로 가라는 말씀이십니까?"

사냥꾼 아게이가 놀라서 물었어요.

왕은 사냥꾼의 말에는 대꾸도 하지 않고 말을 이었어요.

"에헴, 그 다음에는 그것을 가지고 오너라!"

"오, 자비로우신 왕이시여! 저에게 도대체 어디로 가서 무엇을 가지고 오라는 말씀이십니까?"

왕은 사냥꾼 아게이의 말을 듣지도 않고 손을 들어 단호하게 명령했어요.

"만약에 네가 나의 명령을 따르지 않으면 당장에 너의 목을 베어 버리겠다!"

사냥꾼 아게이는 하는 수 없이 집으로 돌아와 슬프게 울면서 아내 마리야 크라사에게 모든 것을 이야기했어요.

아게이의 사랑스럽고 착한 아내 마리야 크라사는 남편을 위로하면서 말했어요.

"여보, 너무 슬퍼하지 마세요. 제게는 폐야 말리루사 수녀님이 선물로 주신 귀한 진주 구슬이 있어요. 말리루사 수녀님이 구슬을 주시면서, 만약 도움이 필요하면 이 진주 구슬을 만지면서 '말리

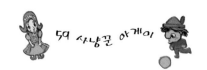

루사! 말리루사! 말리루사!' 하고 세 번을 외우라
고 하셨어요."

마리야 크라사는 옷장 깊숙한 곳에서 진주 구슬
을 꺼냈어요. 그리고 진주 구슬을 만지며 수녀님이
가르쳐 준 대로 주문을 외우기 시작했어요.

"말리루사! 말리루사! 말리루사!"

갑자기 진주 구슬이 땅에 툭 떨어졌어요.

진주 구슬은 점점 커지더니 커다란 투명 구슬로
바뀌었어요. 그리고 구슬은 마치 따라오라는 듯이
데굴데굴 굴러가기 시작했어요.
"아게이, 저 구슬을 따라가 보세요. 구슬이 당신
에게 길을 안내해 줄 거예요."
아게이는 아내에게 작별 인사를 하고 투명한 구
슬을 따라갔어요.

구슬은 숲을 지나 오솔길을 따라 멈추지 않고 계속 굴러갔어요. 구슬은 들판을 지나 강을 건너 쉬지 않고 굴러갔지요.

아게이는 지치기 시작했지만 사랑하는 아내 마리야 크라사를 위해 끝까지 구슬을 놓치지 않고 따라갔어요. 구슬은 높은 산을 넘어 이상한 계곡으로 들어가더니 갑자기 사라져 버렸어요.

구슬을 놓쳐 버린 아게이는 당황했어요. 그러나 마음을 가라앉히고 침착하게 주위를 살펴보니 계곡 사이에 커다란 구멍이 뚫려 있지 뭐예요.

'옳지, 이 구멍으로 구슬이 떨어졌구나! 혹시 이곳에 페야 말리루사가 살고 있는 것은 아닐까? 그래서 구슬이 저절로 여기까지 굴러온 것일지도 몰라.'

아게이는 호기심에 이끌려 구멍을 들여다보았어

요. 하지만 아무것도 보이지 않고, 아무 소리도 들리지 않았어요.

아게이는 커다란 돌 하나를 주워 구멍 안으로 던져 넣었어요. 역시 아무 소리도 나지 않았어요.

실망한 아게이는 눈앞이 캄캄했어요. 하지만 용기를 내어 구슬을 따라 구멍으로 들어가기로 마음먹었어요. 구멍 안으로 들어가니 바람만이 아게이의 귓가를 스치고 지나갈 뿐 아무 일도 일어나지 않았어요.

바로 그 때 갑자기 회오리바람이 불더니 아게이를 둘러쌌어요. 아게이는 깜짝 놀라 눈을 감았어요. 잠시 후 회오리바람이 멈추고 주위는 조용해졌어요. 아게이는 천천히 눈을 떴어요.

밝은 태양이 아게이를 환하게 비추고 있었어요. 높은 하늘! 빛나는 태양! 아름다운 숲!

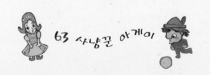

아게이는 캄캄한 구멍 속이 아니라 너무도 아름다운 숲 속에 있었어요. 아게이는 너무도 놀랐지만 사랑하는 아내 마리야 크라사가 기다리고 있다는 생각에 정신을 가다듬고 앞으로 나아갔어요. 얼마쯤 걸어가자 커다란 집 하나가 보였어요. 그 집은 대문에 거대한 손잡이가 달려 있었지요.

아게이가 문을 열자 페야 말리루사 수녀님이 나타났어요. 수녀님은 미소를 지으며 사냥꾼 아게이에게 다가왔어요.

"안녕하세요, 사냥꾼 아게이님?"

"저를 아십니까?"

"그럼요. 저는 이미 당신이 처한 재앙을 잘 알고 있답니다. 너무 슬퍼하지 마세요! 자, 여기 거울을 받으세요. 그리고 집으로 돌아가 해가 질 때에 마지막 햇살을 이 거울로 받아 당신의 집을

재앙 : 천지 자연의 괴이한 변동으로 생긴 불행한 사고.

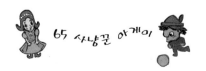

65 사냥꾼 아게이

비추세요."

"네, 알겠습니다. 그런데 그게 다입니까?"

그러자 페야 말리루사가 웃으면서 대답했어요.

"아니에요. 자, 이 금뿔 나팔을 받으세요."

수녀님은 사냥꾼 아게이에게 금뿔 나팔을 내밀면서 말했어요.

"이것은 마법의 뿔입니다. 만약에 견디기 힘든 일이 일어나면 이 금뿔 나팔을 부세요. 나팔을 불고 나서 어떤 일이 일어나도 절대로 놀라거나 무서워하지 마세요. 알겠죠?"

"네, 잊지 않을게요. 정말 감사합니다."

사냥꾼 아게이는 페야 말리루사 수녀님에게 꾸벅 인사를 하고 고개를 들었어요.

세상에! 거대한 손잡이가 달려 있던 대문이 없어
지고 사랑하는 아내가 기다리고 있는 자기 집이 아
게이의 눈앞에 보이는 거예요!

아내가 환한 웃음을 머금고 달려나오고 있었어
요. 아게이는 마주 달려가 활짝 웃으며 아내를 안
았어요.

아게이는 이상한 구멍, 회오리바람, 그리고 거대
한 문고리가 달린 대문에서 나온 페야 말리루사 수
녀님과의 이야기 등 모든 것을 아내에게 이야기해
주었어요.

드디어 해가 지기 시작했어요. 빨간 석양빛이 아
게이의 오두막을 비추었어요. 아게이와 마리야 크
라사는 페야 말리루사 수녀님의 말대로 마지막 햇
살을 거울로 받았어요.

그 순간, 거대하고 아름다운 궁전이 나타났어요.

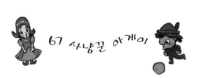

67 사냥꾼 아게이

누구도 넘을 수 없는 높고 커다란 성벽을 가진 궁전이었어요. 거대한 궁전 안에는 아게이가 살던 조그만 오두막집이 있었어요. 아게이와 그의 사랑하는 아내 마리야 크라사는 그 속에서 행복하게 살았어요.

그러던 어느 날, 이 소식을 들은 마이니 왕이 사냥꾼 아게이를 몰아 내고 마리야 크라사를 차지하기 위해 숲으로 왔어요.

아게이의 집이 있던 곳에 도착했을 때, 왕은 너무도 놀라 자기도 모르게 뒤로 물러났어요. 예전의 초라한 오두막집 대신 거대한 궁전이 우뚝 서 있었기 때문이었지요.

화가 난 왕은 수많은 군대를 보내어 궁전을 공격하라고 명령했어요.

누구도 넘을 수 없는 높고높은 궁전의 성벽을 향

해 숲의 나무처럼 많은 수의 군대가 세찬 공격을
하기 시작했어요.

"여보, 이제 어떡하지요? 어떡하면 좋아요?"

사랑하는 아내 마리야 크라사가 오들오들 떨며
걱정을 했어요.

"저것 보세요! 나쁜 마이니 왕이 수많은 군사들
을 몰고 우리 집으로 오고 있어요. 왕은 당신을
죽일 거예요, 흑흑!"

"사랑하는 나의 마리야 크라사, 너무 무서워하지
말아요."

아게이가 아내를 위로하며 말했어요.

"우리에겐 이 금뿔 나팔이 있소! 페야 말리루사
수녀님이 내게 준 마법의 나팔이라오. 이것이 우
리를 왕으로부터 구해 줄 거요."

아게이는 금뿔 나팔을 들어올려 힘차게 불기

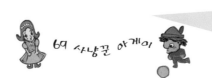

69 사냥꾼 아게이

시작했어요. 그러자 수많은 군사들이 쏟아져 나왔
어요. 그리고 궁전을 빈틈없이 둘러쌌어요.

　이 광경을 본 욕심쟁이 왕은 어안이벙벙해져서
할 말을 잃었어요.

왕은 무서움에 떨며 말머리를 돌려 도망치기 시
작했고, 그의 군사들도 왕을 따라 무기를 버리고
걸음아 날 살려라 도망치기 시작했어요.

이 일이 있고 나서 왕은 다시는 그 숲 근처에도
가지 않았어요.

아게이와 마리야 크라사는 자신들의 아름다운 궁
전에서 오래오래 행복하게 살았대요.

기 사냥꾼 아게이

시베리아 횡단 철도

    러시아 우랄 산맥에서 태평양 연안에 이르는 북아시아 지역을 시베리아라고 해요. 아시아 대륙의 25%를 차지하는 이 지역은 대부분 대륙성 기후라 매우 춥지요. 그러나 금, 석탄, 석유, 다이아몬드 등 지하 자원과 끝없이 이어지는 침엽수림 등 천연 자원의 보물 창고예요.

    시베리아 횡단 철도(TSR)는 모스크바와 블라디보스토크 사이 9,300km를 잇는 세계에서 가장 긴 철도로 1891년에 착공하여 1916년에 완공되었어요. 시베리아 횡단 철도의 열차는 대부분 침대 열차래요. 며칠에 걸쳐 열차를 타야 하니까요.

달걀 속에서 태어난 못난이

옛날옛날 한 옛날에 바다가 가까이 있고 숲이 우
거진 곳에 할머니 할아버지가 살고 있었어요. 그들
에게는 자식이 없었어요. 그들은 자식을 얻기 위해
하늘에 아이를 갖게 해 달라고 기도했어요. 하지만
할머니는 너무 늙어 아이를 가질 수 없었어요.

어느 날, 할아버지는 버섯을 따러 숲으로 들어갔
어요. 한창 숲 속을 걷고 있는데 갑자기 이상한 노
인이 나타나서 할아버지의 앞을 막아 섰어요.

"나는 당신이 무슨 생각을 하는지 다 알아요."

노인이 입을 열었어요.

"보시오. 당신은 늘 아이에 대해서 생각을 하지요? 아이를 갖고 싶다면 마을을 돌아다니며 집집마다 달걀을 한 개씩 달라고 하시오. 마흔한 개의 달걀을 가져다가 구멍에 심어 보시오. 하하, 혹시 아오, 어여쁜 아기를 갖게 될지……."

할아버지는 그 길로 마을로 돌아가 집집마다 돌아다니며 달걀을 한 개씩 얻었어요. 마을의 모든 집을 돌자 정말 마흔한 개의 달걀이 모였어요. 할아버지는 달걀을 구멍에 심었어요.

2주일이 지났어요. 할아버지와 할머니는 기대에 부풀어 서로를 쳐다보았어요. 마침내 구멍 속의 마흔한 개의 달걀에서 동시에 건강하고 단단한 사내아이들이 태어났어요.

그런데 한 아이만은 다른 아이들과 달리 약하고 힘이 없었어요. 할아버지와 할머니는 아이들 하나 하나에게 이름을 지어 주었어요. 그러나 약해 보이는 아이에게는 어떤 이름을 지어 주어야 할지 고민이 되었어요.

"음… 그래, 너는 못난이야!"

할아버지가 손뼉을 치며 외쳤어요.

아이들은 무럭무럭 튼튼하게 자라났어요. 시간이 지날수록 빠르게 쑥쑥 커서 어른이 되었어요.

마흔 명의 아이들은 밭에 나가 할아버지와 할머니를 도왔어요. 하지만 막내 못난이는 집 안에서 놀기만 했어요. 형들은 들에 나가서 풀을 베고 건초 더미를 쌓아올리며 하루 종일 일을 하는데, 막내는 한가롭게 노래나 부르고 낮잠을 자고 방 안에서 뒹굴었어요.

화가 난 할아버지가 보다 못해 꾸짖었어요.

"막내야, 너는 어리지만 정말 못됐구나. 형들은 열심히 일을 하고 부지런한데, 너는 먹기도 돼지처럼 많이 먹으면서 잠만 자고 일은 할 생각조차 하지 않으니, 도대체 어떻게 할 셈이냐? 얘야, 아빠와 함께 일하러 가자!"

할아버지는 못난이를 겨우 달래 들판으로 데리고 나갔어요. 그 곳에는 마흔 개의 커다란 건초 더미가 놓여 있었어요.

"와, 역시 착하고 부지런한 아이들이구나! 막내야, 이 건초 더미를 좀 봐라. 겨우 일 주일 만에 이렇게 풀을 베어 쌓아올려 놓았구나!"

다음 날 할아버지는 막내 못난이를 데리고 다시 들판으로 갔어요. 막내에게 일을 가르치기 위해서였지요. 그런데 어제 있었던 마흔 개의 건초 더미

가운데 한 개가 사라지고 없었어요.

"이런, 이상한데. 왜 하나가 없을까?"

"아빠, 아무 걱정 하지 마세요."

막내가 대답을 했어요.

"제가 도둑을 잡을게요. 제게 100루블만 주세요. 그러면 도둑을 잡아 올게요."

못난이는 할아버지에게 100루블을 받아서 대장간으로 갔어요.

"아저씨, 제게 머리끝부터 발끝까지 꼼짝없이 묶을 수 있는 쇠사슬 하나만 만들어 주세요."

"아니, 그건 어디다 쓰려고?"

"묻지 말고 그냥 단단하게 만들어 주세요. 자, 여기 100루블이 있어요. 이거면 되지요?"

대장장이는 열심히 쇠사슬을 만들어 못난이에게 주었어요. 쇠사슬을 받은 못난이는 들판으로 갔어

루블 : 러시아의 화폐 단위.

요. 그리고 건초 더미로 숨어 들어가 도둑이 나타
나기를 기다렸어요.

그 날 따라 바다에서 파도가 요란하게 쳤어요.
그러더니 바다 깊은 곳에서 하얀 암말이 나왔어요.
암말은 눈 깜짝할 사이에 건초 더미 쪽으로 달려와
서 건초 더미 하나를 번쩍 들어올렸어요.

못난이는 순식간에 암말을 잡아 쇠사슬로 단단히

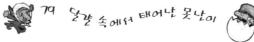

묶었어요.

이 때부터 암말에게 불행이 시작되었어요. 못난이는 암말을 이리저리 끌고 다녔어요.

암말이 못난이에게 말했어요.

"나를 잡다니, 당신은 정말 훌륭한 사람이군요. 만약 당신에게 나를 탈 수 있는 능력이 있다면 내 새끼 말들을 가질 수 있게 해 드리죠."

못난이는 암말의 말이 끝나자마자 펄쩍 뛰어 암말의 등에 올라탔어요. 암말은 해변가로 뛰어가 푸른 바다를 향해 크게 한 번 울었어요.

푸른 바닷속에서 41마리의 멋지고 훌륭한 말들이 해변가로 달려나왔어요.

다음 날 아침, 할아버지는 밖에서 말 울음 소리가 들리자 고개를 갸웃거리며 마당으로 나갔어요. 할아버지의 집에는 말이 없었거든요. 마침 막내 못

난이가 말 떼를 이끌고 안으로 들어오고 있었어요.

"안녕히 주무셨어요, 아빠? 형님들은 모두 집 안에 있나요?"

"그럼, 지금 아침을 먹고 있지."

막내 못난이가 큰 소리로 형들을 불렀어요. 형들은 집 안에서 우르르 몰려나왔어요.

"형님들, 이제 우리 모두 한 사람이 한 마리씩 말을 가질 수 있어요. 이 말들은 이 세상 어디에도 없는 훌륭한 말들이지요. 자, 이제 이 말들을 타고 신부를 찾으러 가요!"

형들은 말을 보고 매우 기뻐했어요. 그리고 그들은 말을 타고 신부를 찾아 길을 떠났어요.

할아버지와 할머니는 한꺼번에 아이들이 떠나자 몹시 섭섭했지만 좋은 신부를 얻을 수 있도록 축복해 주었어요.

    형제들은 말을 타고 세상 여러 곳을 돌아다녔어
요. 형제들은 다른 형제가 상처를 받을까 봐 먼저
결혼하려고 하지 않았어요. 그래서 한꺼번에 신부
를 찾는 수밖에 없었지요. 하지만 어디서 41명의
신부를 한꺼번에 찾을 수 있겠어요? 어떤 어머니에
게 41명이나 되는 딸들이 있겠어요?

    형제들은 39개의 대륙을 다니며 신붓감을 구했
어요. 세계 곳곳을 떠돌아다니다가 그들은 거대한
산 아래 있는 하얀 대리석으로 만들어진 궁전에 다
다랐어요. 궁전은 높은 담으로 둘러싸여 있었어요.
궁전의 넓은 마당에는 금으로 된 식탁이 놓여 있었
어요. 그런데 이상하게도 식탁에는 41개의 의자가
나란히 놓여 있었어요.

    41명의 젊은이들은 자신들의 말을 마당의 나무
에 매어 두고 식탁으로 가서 앉았어요. 그러자 어

디선가 바바야가 할머니가 나타나 호통을 쳤어요.

"아니 젊은이들, 난데없이 나타나서 허락도 없이
남의 식탁에 앉다니!"

"할머니, 소리치지 말고 우리에게 먹을 것과 마실
것을 좀 주세요. 그리고 목욕물을 받아 주세요."

막내 못난이가 말했어요.

너무도 당당한 못난이의 말에 이 젊은이들이 귀
한 신분이라고 생각한 바바야가 할머니는 그들이
원하는 대로 먹을 것과 마실 것을 주고 목욕할 수
있도록 물을 받아 놓았어요.

"이보게 젊은이들, 자네들은 무엇을 하는 사람들
인가? 원하는 게 뭔가?"

"우리는 각자 신부를 찾고 있어요."

"아아, 나에게 딸들이 있는데……."

바바야가 할머니는 이렇게 말하고 높은 망루로

훌쩍 올라갔어요. 그리고 41명의 아름다운 딸들을 데리고 왔어요.

41명의 젊은이들과 아가씨들은 함께 산과 들을 다니며 노래를 부르고 즐겁게 춤을 추었어요. 사랑에 빠진 그들은 곧 결혼을 준비했어요.

하지만 바바야가 할머니는 젊은이들이 마음에 들지 않았어요. 귀한 신분의 젊은이들인 줄 알았는데 그게 아니었거든요. 바바야가 할머니는 젊은이들을 쫓아 낼 못된 계획을 세웠어요.

저녁이 되자 막내 못난이는 자신이 타고 온 말에게 갔어요. 말은 못난이를 보더니 갑자기 사람의 목소리로 말을 하기 시작했어요.

"주인님, 오늘 밤 잠을 잘 때 형제들 모두 각자의 신부들과 옷을 바꾸어 입으라고 하세요. 그러면 나쁜 일이 생기지 않을 겁니다."

 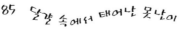

막내 못난이는 이 사실을 형들에게 말했어요. 그들은 자신들의 옷을 바바야가의 딸들에게 입혔어요. 그리고 형제들은 신부들의 옷을 입고 신부들의 옆방에서 잠을 자기 시작했어요. 모두들 깊은 잠에 빠졌지만 막내 못난이는 자지 않고 있었어요.

밤이 이슥해지자 바바야가 할머니의 목소리가 들렸어요.

"나의 충성스런 종들아, 모두들 내 말을 들어라! 난폭한 저 불청객들을 베어 버려라!"

충성스러운 바바야가 할머니의 종들은 남자 옷을 입고 자고 있는 바바야가의 딸들의 목을 베어 버렸어요.

못난이 막내는 얼른 일어나 형님들을 깨웠어요. 그리고 방금 일어난 끔찍한 일을 형들에게 이야기했어요.

불청객 : 초대하지 않은 손님.

젊은이들은 신부들을 잃고 몹시 슬펐지만 꾸물거리고 있을 수 없었어요. 그들은 자신들의 말에 올라타 바바야가의 종들이 눈치채지 않게 몰래 도망쳤어요.

아침이 되자 바바야가 할머니는 남자 옷을 입고 죽어 있는 딸들을 보았어요. 깜짝 놀란 바바야가 할머니는 멍하니 죽은 딸들을 내려다보았어요. 너무도 기가 막혀서 눈물도 나오지 않았어요.

'이게 다 그 형제들 때문이야!'

화가 난 바바야가 할머니는 불방패를 집어 들었어요. 주문을 외우자 불방패에서 불길이 솟았어요. 이글이글 타오르는 불길은 형제들의 뒤를 쫓기 시작했어요.

형제들은 말을 타고 부리나케 도망쳤지만 그들 앞에는 끝이 보이지 않는 커다란 강이 가로막고 있

었어요. 뒤에는 바바야가 할머니가 불방패를 들고
바짝 쫓아오고 있었어요.

　그들은 어디로 가야 할지 몰랐어요. 바바야가 할
머니는 불방패로 불을 내뿜으며 사방을 태웠어요.
젊은이들은 두려움에 떨며 죽음을 기다렸어요. 이
때 막내 못난이가 주머니에서 바바야가 할머니의
손수건을 꺼내 들었어요. 다행히 못난이는 바바야
가 할머니의 요술 손수건을 훔쳐 오는 것을 잊지

않았던 거예요.

못난이는 손수건을 높이 들고 흔들었어요. 그러자 커다란 다리가 강 위로 솟아났어요. 형제들은 말을 타고 강을 건넜어요. 바바야가 할머니도 재빠르게 다리에 올라서서 젊은이들을 쫓아왔어요.

바바야가 할머니가 다리 중간쯤 왔을 때, 못난이는 건너편 강가에서 다시 손수건을 높이 들고 흔들었어요. 그러자 그 커다란 다리가 순식간에 강물 속으로 사라져 버렸어요.

못된 바바야가 할머니는 어떻게 되었느냐고요? 물론 다리와 함께 물 속에 빠지고 말았지요.

젊은이들은 곧바로 집으로 향했어요. 집으로 돌아간 형제들은 서로 도우며 행복하게 열심히 살았대요.

볼쇼이 극장

18세기에 러시아를 유럽의 강국으로 만든 여자 황제 예카테리나 2세는 학문과 예술을 매우 사랑하였어요. 세계적으로 유명한 볼쇼이 극장은 예카테리나 2세의 명으로 1776년에 건립된 역사 깊은 극장이지요. 정식 명칭은 '러시아 국립 아카데미 대극장'이에요. '볼쇼이'는 '크다'는 뜻이래요.

볼쇼이 극장의 좌석수는 2,100여 석이며, 기술적 수준이 높은 오페라단과 발레단 그리고 부속 학교 등이 있어요.

〈백조의 호수〉〈호두까기 인형〉 등은 볼쇼이 극장이 자랑하는 공연 작품이에요.

덫에 걸린 여우

옛날옛날 한 옛날에 쿠지마란 젊은이가 깊은 숲
속에서 혼자 외롭게 살고 있었어요. 그는 너무나
가난해서 먹을 것도, 입을 것도, 깔고 잘 만한 것
도 없었어요.

어느 날, 그는 숲 속에 덫을 놓았어요. 다음 날
아침에 가서 보니 덫에 여우가 걸려 있었어요.

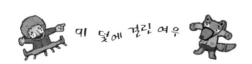
91 덫에 걸린 여우

"야호! 여우를 팔면 많은 돈을 벌 수 있을 거야.
그러면 결혼을 해야지."

그런데 여우가 벌벌 떨면서 말했어요.

"쿠지마님, 쿠지마님. 제발 저를 풀어 주세요.
그러면 당신을 세상에서 제일 큰 부자로 만들어
드릴게요. 부자가 되고 싶다면 저를 풀어 주고,
저에게 버터 바른 기름진 닭을 구워 주세요."

쿠지마는 세상에서 제일 큰 부자로 만들어 준다
는 말에 귀가 솔깃했어요. 그래서 닭을 구해서 버
터를 발라 노릇노릇하게 구워 여우에게 주었어요.

배고픈 여우는 고기를 다 먹고 난 뒤 아곤 왕이
들어가지 말라고 한 숲으로 달려가서 소리쳤어요.

"하하하! 나는 아곤 왕에게 초대되어 궁전에서
원하는 만큼 먹고 마셨지. 게다가 왕이 내일 또
오라고 하셨어."

아곤 : 러시아어로 불이라는 뜻.

늘대가 달려와서 물었어요.

"시끄럽구나, 여우야! 왜 그렇게 떠드니?"

"나는 오늘 아곤 왕의 손님으로 초대되어서 원하는 만큼 먹고 마셨어. 왕은 내일도 또 오라고 하셨지. 하하하, 정말 맛있었어!"

"여우야, 여우야. 나도 아곤 왕의 오찬에 같이 가면 안 될까?"

늑대가 사정을 했어요.

"원한다면 데리고 가 줄게. 하지만 너 하나만으로 왕의 관심을 끌겠어? 너희 친구 40마리를 모아 봐. 그러면 왕에게 데리고 가 주지."

늑대는 숲으로 달려가 친구들을 모으기 시작했어요. 마침내 40마리를 모아 여우에게 갔어요. 여우는 늑대들을 왕에게 데리고 갔어요.

여우는 왕 앞으로 달려가서 말했어요.

"지혜로운 왕이시여, 착한 쿠지마 스콜라바가트이가 당신에게 40마리의 늑대를 선물합니다."

아곤 왕은 매우 기뻐했어요. 신하에게 명령해 늑대 40마리를 우리로 몰아넣고 문을 단단히 잠그라고 명령했어요. 그리고 왕은 생각했어요

오찬 : 손님을 접대하는 잘 차린 점심.

'쿠지마는 우리 나라에서 제일 큰 부자로구나!'

여우는 다시 쿠지마에게 달려갔어요. 여우는 또 버터를 바른 기름진 닭을 굽도록 부탁했어요. 그래서 배부르게 닭을 먹고 또 금지된 숲으로 갔어요.

여우는 또 금지된 숲에서 이리저리 뛰어다니며 시끄럽게 떠들어 댔어요.

곰이 숲을 지나가다가 여우를 보고 말했어요.

"이봐, 여우야! 그렇게 시끄럽게 뛰어다니는 걸 보니 배가 터지도록 뭔가 얻어먹은 모양이구나?"

그러자 여우가 곰에게 말했어요.

"하하하! 나는 오늘 아곤 왕의 손님으로 초대되어서 원하는 만큼 먹고 마셨어. 왕은 내게 내일도 또 오라고 하셨어. 하하하, 정말 맛있었어!"

그러자 곰이 조르기 시작했어요

"여우야, 여우야. 나도 아곤 왕의 오찬에 같이

95 덫에 걸린 여우

가면 안 될까?"

"원한다면 데리고 가 줄게. 하지만 너 하나만으로 왕의 관심을 끌겠어? 너희 친구 40마리를 모아 봐. 그러면 왕에게 데리고 가 주지."

곰은 참나무 숲으로 달려가 검은곰 40마리를 모았어요. 그리고 여우에게 데리고 갔어요. 여우는 검은곰 40마리를 왕에게 데리고 갔어요.

아곤 왕에게 도착하자, 여우는 제일 먼저 앞으로 달려가서 말했어요.

"지혜로운 왕이시여, 착한 쿠지마 스콜라바가트이가 당신에게 40마리의 검은곰을 선물합니다."

아곤 왕은 매우 기뻐했어요. 그리고 또 다른 신하를 불러 검은곰 40마리를 몰아 우리에 넣고 문을 단단히 잠그라고 명령했어요. 그리고 왕은 생각했어요.

'쿠지마는 정말 부자구나!'

여우는 다시 쿠지마에게 달려갔어요. 그리고 또 버터를 바른 암탉을 배부르게 먹었어요. 그리고 또 금지된 숲으로 가서 놀았지요.

여우의 시끄러운 소리를 듣고 흑담비가 부리나케 달려왔어요.

"교활한 여우야, 힘이 넘치는구나! 어디서 그렇게 배불리 먹었니?"

여우가 으스대면서 말했어요.

"하하하! 나는 오늘 아곤 왕의 손님으로 초대되어서 원하는 만큼 먹고 마셨어. 왕은 내게 내일도 또 오라고 하셨어. 하하하, 정말 맛있었어!"

"여우야, 여우야. 나도 아곤 왕의 오찬에 같이 가면 안 될까?"

흑담비가 여우에게 간청했어요.

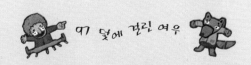

그 때 나무 위에서 둘의 이야기를 듣고 있던 매도 여우에게 부탁했어요.

"아곤 왕의 연회가 어떻게 벌어지는지 구경만이라도 하고 싶어. 마음씨 좋은 여우야, 제발 우리를 왕의 오찬에 데려가 주렴."

여우가 그들에게 말했어요.

"원한다면 데리고 가 줄게. 하지만 너희들만으로 왕의 관심을 끌겠어? 너희들 친구를 각각 40마리씩 모아 와. 그러면 내가 왕의 오찬에 너희를 데려가 줄게."

매와 흑담비는 각각 친구들을 40마리씩 불러 모아 여우에게 데려갔어요. 여우는 이들을 이끌고 아곤 왕에게 데려갔어요. 여우는 또다시 아곤 왕에게 말했어요.

"지혜로운 왕이시여, 착한 쿠지마 스콜라바가트

99 덫에 걸린 여우

이가 당신에게 매와 흑담비 40마리를 선물합니
다."

아곤 왕은 쿠지마 스콜라바가트이의 부유함에 깜
짝 놀랐어요.

'아니, 얼마나 큰 부자이길래 늑대 40마리, 곰
40마리에 이어 매와 흑담비 40마리씩을 선물로
보내 오는 거지?'

아곤 왕은 이렇게 생각하며 신하를 시켜 매와 흑
담비를 우리에 가두도록 명령했어요.

다음 날 여우는 왕에게 달려갔어요.

"지혜로운 왕이시여, 착한 쿠지마 스콜라바가트
이님이 안부를 전하면서, 금돈을 셀 수 있게 저
울과 양동이를 빌려 달라고 부탁했습니다."

왕은 금으로 된 저울과 양동이를 사용하고 있었
어요. 아곤 왕은 거절하지 않고 여우에게 금으로

된 저울과 양동이를 빌려 주었어요.

여우는 쿠지마에게 달려가 양동이를 주며 모래를 가득 채우도록 시켰어요. 쿠지마가 양동이에 모래를 가득 채우자 여우는 모래를 쏟아 버리고는 양동이를 햇빛에 비추어 보았어요. 작은 모래 알갱이가 양동이에 남아 햇빛에 반짝거렸어요. 마치 금돈 가루처럼 말예요.

여우는 저울에 작은 돈을 끼워 넣고 아곤 왕에게 양동이와 저울을 돌려주었어요.

"빌려 주신 저울과 양동이 덕분에 무사히 많은 돈을 셀 수 있었습니다. 감사합니다, 지혜로운 왕이시여."

"오! 양동이가 금가루로 반짝이는구나! 저울에는 돈이 끼여 있군. 정말 쿠지마 스콜라바가트이는 부자로구나!"

아곤 왕은 돌려받은 양동이와 저울을 살펴보고 쿠지마 스콜라바가트이의 재력에 다시 한 번 감탄했어요. 아곤 왕은 쿠지마를 만나 보고 싶었어요. 그래서 여우에게 당장 쿠지마를 데려오라고 명령했어요.

여우는 일꾼들에게 왕궁으로 들어가는 다리를 톱으로 절반쯤 베어 내라고 시킨 다음 쿠지마에게 달려갔어요. 쿠지마는 초라한 옷을 입고 있었어요. 쿠지마가 왕궁으로 들어가는 다리를 건너려고 하자

재력 : 재물의 힘이나 재산상의 능력.

다리가 무너지며 쿠지마가 물 속에 빠졌어요.

여우가 소리쳤어요.

"앗! 큰일났다! 쿠지마 스콜라바가트이님이 물에
빠졌다!"

아곤 왕이 여우의 소리를 듣고 쿠지마를 구하도
록 신하들을 보냈어요.

신하들은 쿠지마를 물에서 건져 냈어요.

"귀한 쿠지마님의 옷이 더러워졌으니 옷을 가져
다 주세요. 쿠지마님의 신분에 맞는 훌륭한 옷으
로 주셔야 해요."

신하들은 쿠지마에게
가장 멋지고 아름다운
나들이 옷을 가져다 주
었어요. 나들이 옷을
입은 쿠지마는 정말 멋

진 청년이었어요.

쿠지마가 왕 앞으로 나가 인사를 드렸어요. 아곤
왕은 쿠지마가 첫눈에 마음에 들었어요. 그래서
당장 공주를 불러들여 결혼을 시켰어요.
쿠지마는 왕의 궁전에서 아름다운 공주와
함께 행복한 신혼 생활을 했어요.

어느 날, 아곤 왕이 말했어요.

"사랑하는 나의 사위 쿠지마여, 이제 많은 시간
이 흘렀으니 자네 집에 우리를 초대해 주게."

쿠지마는 속으로 몹시 당황했지만 태연한 척하며
여우를 불렀어요.

"너는 먼저 가서 우리를 맞이할 준비를 하거라."

"알겠습니다, 쿠지마님."

여우는 쿠지마의 집으로 가는 도중에 양치기들이
양 떼를 모는 것을 보고 물었어요.

"양치기님, 양치기님! 이 양들은 누구의 것이지
요?"

"즈메야 고르느이치의 양들이에요."

여우가 펄쩍 뛰며 말했어요.

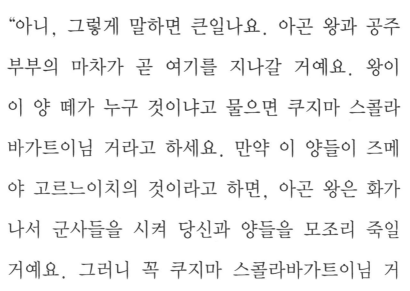

"아니, 그렇게 말하면 큰일나요. 아곤 왕과 공주
부부의 마차가 곧 여기를 지나갈 거예요. 왕이
이 양 떼가 누구 것이냐고 물으면 쿠지마 스콜라
바가트이님 거라고 하세요. 만약 이 양들이 즈메
야 고르느이치의 것이라고 하면, 아곤 왕은 화가
나서 군사들을 시켜 당신과 양들을 모조리 죽일
거예요. 그러니 꼭 쿠지마 스콜라바가트이님 거
라고 하세요. 아셨죠?"

양치기는 그렇게 하겠다고 대답했어요.

여우는 다시 앞으로 달려갔어요. 한동안 달리자
목동들이 말 떼를 몰고 있는 것이 보였어요.

즈메야 : 러시아어로 호랑이라는 뜻.

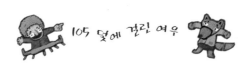

"목동님, 목동님! 이 말들은 누구의 것이죠?"

"즈메야 고르느이치의 말들입니다."

여우는 펄쩍 뛰며 말했어요.

"아니, 그렇게 말하면 큰일나요. 아곤 왕과 공주 부부의 마차가 곧 여기를 지나갈 거예요. 왕이 이 말들이 누구 것이냐고 물으면 쿠지마 스콜라바가트이님 거라고 하세요. 만약 이 말들이 즈메야 고르느이치의 것이라고 하면 아곤 왕은 화가 나서 군사들을 시켜 당신과 말들을 모조리 죽일 거예요. 그러니 꼭 쿠지마 스콜라바가트이님 거라고 하세요. 아셨죠?"

겁이 난 목동은 그렇게 하겠다고 대답했어요.

여우는 계속 달려 즈메야 고르느이치의 아름다운 저택에 도착했어요.

"안녕하십니까, 즈메야 고르느이치님?"

"무슨 일이냐, 교활한 여우야?"

"큰일났어요, 즈메야 고르느이치님. 지금 무서운 아곤 왕이 이 쪽으로 오고 있어요. 아곤 왕은 당신을 불에 태워 죽일 거예요. 아곤 왕은 양치기와 목동을 모두 죽이고 양 떼와 말들도 모두 불에 태워 버렸어요. 정말 너무 끔찍했어요. 그걸 보니 도저히 꾸물거리고 있을 수가 없었어요. 그래서 잠시도 쉬지 않고 달려와 당신에게 이렇게 도망을 치라고 말하는 거예요."

"뭐라고? 나를 죽이러 아곤 왕이 오고 있단 말이야? 어떻게 하지? 어디로 숨지?"

"정원에 오래 된 참나무가 있죠? 그 참나무 구멍 속에 몸을 숨겨요. 아곤 왕과 공주 부부가 되돌아갈 때까지 꼭꼭 숨어 있어요. 절대로 나오면 안 돼요. 안 그러면 당신은 죽게 될 거예요."

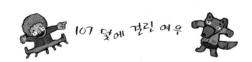

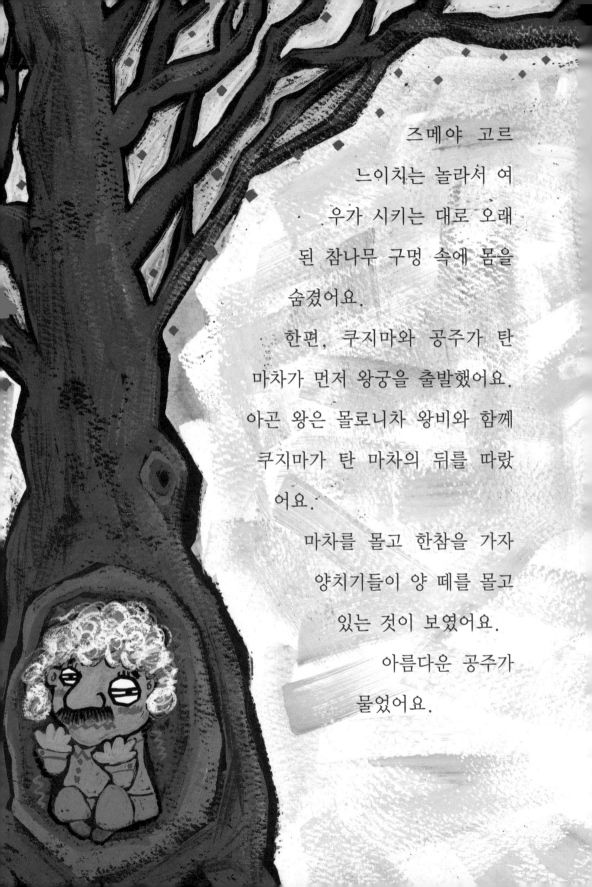

즈메야 고르
느이치는 놀라서 여
우가 시키는 대로 오래
된 참나무 구멍 속에 몸을
숨겼어요.
한편, 쿠지마와 공주가 탄
마차가 먼저 왕궁을 출발했어요.
아곤 왕은 몰로니차 왕비와 함께
쿠지마가 탄 마차의 뒤를 따랐
어요.
마차를 몰고 한참을 가자
양치기들이 양 떼를 몰고
있는 것이 보였어요.
아름다운 공주가
물었어요.

"안녕하세요, 양치기님? 이 양들은 누구의 것인가요?"

"쿠지마 스콜라바가트이님의 양 떼입니다."

아곤 왕의 눈이 휘둥그레졌어요.

"오, 사랑하는 사위! 자네는 정말 많은 양을 가졌군!"

그들은 계속 마차를 몰았어요. 얼마쯤 가자 멀리 말몰이를 하고 있는 목동들이 보였어요.

이번에는 아곤 왕이 직접 물었어요.

"여봐라, 이 말 떼는 누구의 것이냐?"

"지혜로운 아곤 왕이시여, 이 말들은 쿠지마 스콜라바가트이님 소유입니다."

"오, 사랑하는 사위! 자네는 말도 많이 가지고 있군 그래! 하하하!"

아곤 왕 일행은 드디어 즈메야 고르느이치의 집

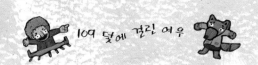

에 도착했어요. 여우는 머리를 조아리며 정중히 손
님들을 저택으로 안내했어요.

저택의 넓은 홀에는 진귀한 음식과 마실 것들이
준비되어 있었어요.

아곤 왕 일행이 홀에 들어서자 멋진 음악과 함께
연회가 시작되었어요. 먹고 마시고 웃고 떠드는 가
운데 일 주일이 훌쩍 지났어요.

마침내 여우가 쿠지마에게 말했어요.

"쿠지마님, 이제 노는 것은 그만두고 일을 해야
지요. 아곤 왕과 함께 초록 정원으로 가세요.
정원의 늙은 참나무 속에는 즈메야 고르느이치가
보물을 훔치려고 숨어 있어요. 어서 군사를 시켜
참나무를 베어 버리세요. 즈메야 고르느이치가
다시는 못된 도둑질을 하지 못하게 참나무를 불
태워 버리세요."

그 말은 들은 쿠지마는 아곤 왕과 함께 초록 정원으로 갔어요. 과연 여우의 말대로 오래 된 참나무 안에 누군가가 숨어 있었어요. 왕은 군사들을 시켜 참나무를 베어 불에 태워 버렸어요.

꾀 많은 여우 덕분에 가난한 쿠지마 스콜라바트이는 아름다운 공주와 함께 흰 저택에서 살기 시작했어요.

쿠지마는 매일 여우에게 기름진 버터를 바른 닭을 구워 대접했대요.

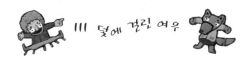

착한 바실리사

옛날옛날 어느 시골에 착한 부부가 살고 있었어요. 그들에게는 바실리사라는 어린 딸이 있었어요. 바실리사는 예쁘고 순진하고, 부모님 말씀을 잘 듣는 아이였지요.

바실리사네 가족은 서로를 진심으로 아껴 주며 사랑하는 아름다운 가족이었어요. 그런데 안타깝게도 이들 가족에게 재앙이 찾아왔어요. 바실리사의 어머니가 병이 들어 돌아가시고 만 거예요.

얼마 후 아버지는 새로 아내를 맞았어요. 새어머니는 안피사라는 딸을 데리고 들어왔어요. 안피사는 못생기고 아주 게으른 아이였어요. 새어머니는 들어오자마자 바실리사를 쫓아 내기로 마음먹었어요. 그래서 아버지에게 바실리사의 험담을 늘어놓기 시작했어요.

"바실리사는 당신 앞에서는 착하고 예쁜 척하지만 사실은 얼마나 못됐는지 몰라요. 오늘 아침에는 제가 허리가 아파 대신 물 좀 길어 오라고 시켰더니, 글쎄 물동이를 내동댕이치지 뭐예요."

"바실리사는 그럴 리 없어."

다행히 아버지는 그 말을 믿지 않았어요.

화가 난 새어머니는 어떻게 하면 바실리사를 혼내 줄까 골똘히 생각했어요. 마침내 새어머니는 한 가지 꾀를 생각해 냈어요. 바실리사의 베개 속에

돈을 숨겨 두고, 바실리사가 돈을 훔쳤다는 누명을 씌우려는 나쁜 꾀였어요.

저녁이 되어 아버지가 밭에서 돌아오는 것을 보고 새어머니는 집 앞에 털썩 주저앉아 울며 소리를 질렀어요.

"아이고, 내 돈! 당신의 딸 바실리사가 내 돈을 훔쳐 갔어요. 그저 게으르고 말을 잘 듣지 않는 아이인 줄만 알았는데, 이제 보니 돈을 훔치기까지 하네요!"

"당신이 뭔가 잘못 알았겠지. 어디 다른 데 두었나 잘 생각해 봐요."

"아니에요. 분명히 바실리사가 내 돈을 훔쳐 갔어요. 두 눈으로 똑똑히 봤단 말예요. 정 믿지 못하겠다면 바실리사의 방을 뒤져 봐요."

아버지는 그럴 리가 없다고 생각하며 바실리사의

누명 : 이름을 더럽힐 만한 억울한 평판.

방을 뒤져 보았어요.

  아니, 이럴 수가! 새어머니의 말대로 베개 밑에
서 정말 돈이 나왔어요. 불쌍한 바실리사는 영문도
        모른 채 도둑 누명을 쓰고 구슬프게
                            울었어요.

아버지는 바실리사에게 크게 실망했어요.

"흥, 집에서 도둑을 키우다니! 바실리사를 숲 속의 바바야가 할멈에게 보내 버려요. 그 무서운 닭발 받침대가 있는 오두막에서 지내다 보면 다시는 무언가를 훔칠 생각을 하지 못할 거예요!"

새어머니가 아버지에게 말했어요.

화가 난 아버지는 그 말이 옳다고 생각했어요. 아버지는 바실리사의 나쁜 버릇을 고치기 위해 바실리사를 바바야가 할멈에게 보내기로 했어요.

다음 날 새어머니의 계획대로 바실리사는 아버지를 따라 닭발 모양 받침대가 있는 바바야가 할멈의 오두막집에 도착했어요.

바실리사는 바바야가 할멈을 보고 무서워서 벌벌 떨었어요. 바바야가 할멈은 그런 바실리사를 보고 낄낄거리며 웃었어요.

"헤헤헤, 당신의 딸이 나하고 함께 지내면 무서워서 다시는 도둑질을 못 할 거요. 자, 딸을 두고 가요. 일을 잘 하면 배불리 먹이고, 헤헤, 만약 일을 잘 하지 못하면 이 애를 굶길 거요. 헤헤, 그래도 좋다면 아이를 남겨 두고 가요."

아버지는 바실리사에게 착하게 지내고 있으면 데리러 오겠다고 말하고 집으로 돌아갔어요.

바바야가 할멈은 바실리사에게 말했어요.

"나는 지금 나가서 저녁때쯤 돌아올 거야. 그 때까지 집 안 청소를 끝내고, 장작불을 준비하고, 식사 준비를 해 놓아라. 맛있는 파이를 구워 놓지 않으면 혼을 낼 테다. 또, 나는 눈보라가 치면 손이 시리고 너무너무 아프단다. 그러니 털가죽 장갑을 만들어 놓도록 해라."

바바야가 할멈은 바실리사에게 많은 일을 시켜

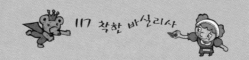

놓고 어디론지 바람처럼 떠났어요.

　닭발 모양 받침대가 있는 오두막집에 홀로 남은
바실리사는 울고 싶었어요. 어떻게 그 많은 일을
해야 할지 눈앞이 캄캄했어요.

　'흑흑, 이 많은 걸 언제 다 하지?'

　이 때 느닷없이 생쥐 한 마리가 펄쩍 탁자 위로
뛰어올랐어요.

"안녕하세요?"

생쥐가 말을 하다니! 바실리사는 깜짝 놀랐어요.

"바실리사님, 저는 지금 배가 너무너무 고파요. 제게 치즈를 좀 주세요."

마음씨가 착한 바실리사는 치즈를 꺼내 생쥐에게 내밀었어요.

"자, 맛있게 먹으렴."

말할 줄 아는 신기한 생쥐는 한 입에 치즈를 꿀꺽 삼켰어요. 치즈를 맛있게 먹고 나서 생쥐는 또 다시 바실리사에게 말했어요.

"착한 바실리사님, 사실 저는 생쥐 왕국의 왕이랍니다. 제가 바실리사님을 지켜 드릴 테니, 아무 걱정 하지 마세요. 그러나 절대로 아무에게도 내 얘기를 해서는 안 돼요. 아셨죠?"

이렇게 말하고 생쥐는 큰 소리로 찍찍거렸어요.

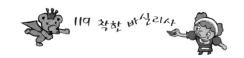

그러자 어디에선가 수많은 생쥐들이 몰려왔어요.
생쥐들은 마치 군인같이 질서 정연하게 빨리 움직
이면서 집 안 청소를 하고 장작을 쌓고 파이를 구
웠어요. 그리고 눈 깜짝할 사이에 털가죽 장갑도
만들었어요.

  저녁이 되어 바바야가 할멈이 집으로 돌아왔을
때에는 집 안 정리가 모두 끝나 있고 접시 위에는
맛있는 식사가 준비되어 있었어요. 뿐만 아니라 탁
자 위에는 먹음직스러운 파이도 놓여 있고, 그 옆
에는 예쁜 털가죽 장갑이 가지런히 놓여 있었어요.

  바바야가 할멈은 바실리사에게 매일 새로운 일거
리를 주었어요. 지붕을 하얗게 칠하라는 둥, 무서
워 보이는 닭발 모양 받침대가 있는 오두막을 수리
하고 깨끗하게 칠하라는 둥 수많은 일을 시켰어요.
하지만 그럴 때마다 생쥐 군대가 와서 가여운 바실

리사를 도와 주었어요.

　얼마 후 바실리사의 아버지는 이만하면 바실리사에게 충분한 벌이 주어졌다고 생각했어요. 그래서 아버지는 바실리사를 데리러 숲 속에 있는 바바야가 할멈의 오두막으로 갔어요.

　"바바야가 할멈! 나의 사랑스러운 딸 바실리사를 데리러 왔어요."

　바바야가 할멈은 아버지에게 그 동안 바실리사가 부지런히 일을 잘 했다고 칭찬을 아끼지 않았어요.

　"바실리사는 정말 꾀부리지 않고 일을 잘 했답니다. 그러니 바실리사에게 상을 내려야겠어요. 바실리사야, 이리 오렴. 이 금구두와 비단으로 짠 아름다운 스카프를 받아라. 네가 많은 일을 열심히 해 주었으니 그 대가로 너에게 주마."

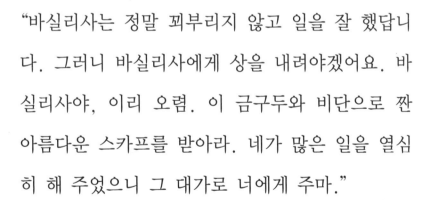

　아버지와 바실리사는 바바야가 할멈이 준 선물을

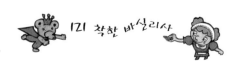

가지고 그리운 집으로 돌아왔어요.

바실리사가 귀중한 선물을 받아 온 것을 보고 새어머니는 배가 아팠어요.

"아니, 이게 무슨 일이야? 바실리사가 돌아오다니! 더욱이 이렇게 귀한 선물까지 받고 말이야! 아이고, 배아파! 그래, 우리 안피사가 바실리사보다 못한 게 뭐가 있겠어? 안피사가 바바야가 할멈에게 찾아가면 이보다 더 귀한 보물을 선물로 받아 올 거야!"

다음 날 새어머니는 안피사를 데리고 바바야가 할멈에게 갔어요.

"바바야가 할멈, 내 딸 안피사를 잠시만 맡아 주세요."

"헤헤헤, 딸을 두고 가요. 일을 잘 하면 배불리 먹이고, 만약 일을 잘 하지 못하면 이 애를 굶길

거요. 헤헤헤, 그래도 좋다면 아이를 남겨 두고 가요."

못된 새어머니는 안피사가 바실리사보다 더 멋진 선물을 받을 수 있을 거라고 굳게 믿고 집으로 돌아갔어요.

바바야가 할멈은 바실리사에게 했던 것처럼 안피사에게 여러 가지 집안일을 시켰어요.

"나는 지금 나가서 저녁때쯤 돌아올 거야. 그 때까지 집 안 청소를 끝내고, 장작불을 준비하고, 식사 준비를 해 놓아라. 맛있는 파이를 구워 놓지 않으면 혼을 낼 테다. 또, 나는 눈보라가 치면 발이 시리고 너무너무 아프단다. 그러니 털가죽 양말을 만들어 놓도록 해라."

이렇게 말하고 바바야가 할멈은 어디론지 훌쩍 나가 버렸어요.

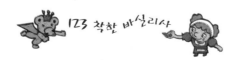

안피사는 들은 체도 하지 않고 의자에 가서 앉았
어요. 이 때 느닷없이 생쥐 한 마리가 펄쩍 탁자
위로 뛰어올랐어요.

"안녕하세요?"

"이 더러운 생쥐! 저리 가! 죽여 버릴 테다!"

깜짝 놀란 안피사는 생쥐 왕이 치즈를 달라는 말
도 꺼내기 전에 커다란 비를 들고 생쥐 왕을 때리
기 시작했어요.

생쥐 왕은 허겁지겁 도망쳤어요.

저녁때가 되자 바바야가 할멈이 돌아왔어요. 하지만 집 안은 어질러진 그대로였어요. 온통 지저분한 먼지가 집 안을 가득 메우고 있고, 맛있는 파이는커녕 먹을 거라고는 하나도 준비되어 있지 않았어요. 바바야가 할멈은 못생기고 게으른 안피사를 꾸짖었어요.

"시킨 일을 하나도 하지 않았구나! 더군다나 집을 더 어지럽혀 놓다니…. 이 게으른 안피사야, 빨리 들어가서 잠이나 자거라!"

다음 날에도 또 다음 날에도 바바야가 할멈은 안피사에게 계속 새로운 일을 시켰지만 안피사는 한 가지도 제대로 해 놓지 않았어요. 저녁이 되어 돌아오면 안피사는 멍하니 앉아 있기만 하고, 집 안은 온통 쓰레기와 먼지로 가득했어요.

바바야가 할멈은 하루도 거르지 않고 게으른 안피사를 혼냈어요. 그러나 안피사는 손가락만 빨며 반성은커녕 여전히 아무 일도 하지 않았어요.

얼마 후 새어머니는 이제 안피사를 데리고 와야겠다고 생각했어요. 그래서 숲 속에 있는 바바야가 할멈에게 갔어요.

"안녕하세요, 바바야가 할멈? 호호, 우리 안피사를 데리러 왔어요."

바바야가 할멈은 안피사를 데려왔어요.

"이 더럽고 게으른 안피사를 빨리 집으로 데려가! 나는 지금까지 이렇게 말을 듣지 않는 아이를 본 적이 없어! 다시는 이 곳에 오지 마!"

"아니, 그냥 가라고요? 선물이라도 주셔야지요!"

새어머니가 말했어요.

"뭐라고? 선물? 좋아, 이거나 받아라!"

바바야가 할멈은 안피사가 생쥐에게 했던 것처럼
커다란 비를 들고 안피사 모녀를 때리기 시작하였
어요.

"자, 받아라. 선물이다!"

새어머니와 안피사는 오두막집에서 허겁지겁 도망쳤어요.

"흥, 너희들이 가는 길에는 가면 갈수록 새로운 길만 나타날 거다! 결코 집으로 돌아가는 길은 보이지 않을 것이다."

바바야가 할멈은 이렇게 쏘아붙이고 나서 문을 쾅 닫았어요.

욕심 많은 새어머니와 게으른 안피사는 계속 걸었지만 끝내 집으로 가는 길을 찾지 못했어요.

착하고 예쁜 바실리사와 아버지는 행복하고 즐겁게 오래오래 살았어요.

동궁전, 은궁전, 금궁전

아주 먼 옛날옛날, 세상에 고요와 혼돈이 교차되기 시작하면서 러시아에는 여러 왕국이 생겨났어요. 그 시대에는 늪 속에 알 수 없는 정령들과 마녀가 살았고, 깊은 숲 속에는 여러 종류의 요정들로 가득했어요. 강에는 우유가 흐르고 넓은 들판에는 황금색 자고새들이 날아다녔어요.

정령 : 산천 초목이나 무생물 등 온갖
물건에 깃들여 있다는 혼령.

한 왕국에 '가로흐'라는 이름의 왕이 세상에서 가장 아름다운 '아나스타샤' 왕비와 함께 살고 있었어요. 왕과 왕비에게는 세 왕자가 있었어요. 그들은 평화롭고 풍요로운 왕국을 다스리며 행복하게 살았지요.

　　어느 날, 커다란 재앙이 평화로운 이 왕국을 흔들어 놓았어요. 커다란 검은 악령이 왕국을 습격하여 왕비를 어디론가 끌고 가 버린 거예요.

왕은 깊은 슬픔에 빠졌고 온 백성들은 알 수 없는 검은 악령의 힘을 두려워했어요.

첫째 왕자가 왕에게 말했어요.

"아버님, 어머님을 찾으러 가도록 허락해 주십시오! 제가 어머님을 구해 오도록 하겠습니다."

첫째 왕자가 길을 떠난 지 요정의 시간으로 3년이 지났어요.

왕과 백성들은 첫째 왕자의 소식을 기다렸어요. 하지만 아무 소식도 들려 오지 않았어요. 그래서 백성들의 두려움은 더욱더 커져만 갔어요.

둘째 왕자가 아버지에게 청했어요.

"아버님, 제가 어머니와 형님을 찾아 오도록 하겠습니다. 지금 당장 길을 떠나게 허락해 주십시오!"

왕은 허락했어요.

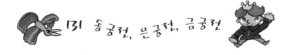

그러나 둘째 아들조차도 아무 소식도 없이 자취를 감추고 말았어요. 마치 물 속에 잠긴 것처럼 소식이 끊어졌지요.

이제 마지막으로 남은 막내 왕자가 슬픔에 잠긴 왕에게 다가왔어요. 그의 이름은 이반 차리예비치였어요.

"사랑하는 아버님, 제가 반드시 검은 악령을 물리치고 형님들과 어머니를 찾겠습니다. 부디 길을 떠나도록 허락해 주세요."

"네 형님들도 못 한 것을 어린 네가 어찌 할 수 있겠느냐? 네 형들이 떠난 지 벌써 몇 년이 흘렀다. 너조차 잃는다면 이 왕국은 어떻게 된단 말이냐?"

"아버님, 제발 허락하여 주십시오. 왕국과 아버님의 명예를 걸고 꼭 형님들과 어머님을 찾아 오

겠습니다."

막내 왕자의 애원은 며칠 동안 계속되었어요. 마침내 왕은 막내아들인 이반 왕자가 길을 떠나도록 허락을 하였어요.

"사랑하는 아들아, 그렇게 원한다면 가거라! 대신 부디 몸 조심해야 한다."

이반 왕자는 형님들과 어머님을 찾아 길을 떠났어요.

이반 왕자는 무성한 숲을 지나 혼자서 외로이 밤낮을 걸어갔어요. 걷고 또 걸어서 마침내 땅 끝 푸른 바다에 도착했어요.

이반 왕자는 바닷가에 서서 생각했어요.

'도대체 이제 어디로 가야 한단 말인가?'

막막한 심정으로 바다를 내려다보면서 이반 왕자는 한숨을 내쉬었어요. 그리고 그리운 어머니와 형

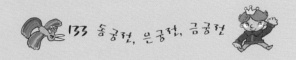

들의 얼굴을 떠올렸어요.

갑자기 먼 바다 어디에선가 세 마리의 새가 날아와서 땅 위에 털썩 떨어졌어요.

새들은 참 아름다웠어요. 이반이 다가가서 보니 세 마리의 새들은 아름다운 아가씨였어요. 모두 정말로 눈부시게 아름다웠어요. 아가씨들에게서 알 수 없는 달콤한 향기가 흘러 나왔어요.

이반은 그 중 가장 아름다운 한 아가씨를 바라보며 황홀한 듯 다가갔어요. 하지만 이반이 다가가기도 전에 세 아가씨들은 물 속으로 풍덩 뛰어들었어요. 아가씨들은 서로에게 물을 끼얹으며 신나게 장난을 치고 수영을 했어요.

이반 왕자는 그 중에서 가장 아름다운 아가씨의 허리띠를 가져다 품 속에 감추었어요.

한참 동안 재미있게 놀던 아가씨들은 바닷물 속

에서 나와 옷을 입기 시작했어요.

"아니, 내 허리띠가 어디 있지?"

가장 아름다운 아가씨가 말했어요.

이 때 이반 왕자가 불쑥 모습을 드러냈어요.

세 아가씨들은 깜짝 놀라 바위 뒤로 달아났어요.

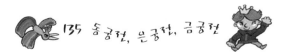

"아름다운 아가씨, 놀라지 마세요."

이반 왕자가 말했어요.

"아, 당신은 가로흐 왕의 셋째 아들인 이반 왕자님이시군요. 우리는 당신을 안답니다. 내 허리띠를 돌려주세요."

가장 아름다운 아가씨가 말했어요.

아가씨의 말에 이반 왕자는 깜짝 놀랐어요.

'처음 만났는데 내가 누구인지 알다니…. 이 아가씨들은 틀림없이 요정들일 거야. 그렇다면 어머니와 형님들이 어디에 있는지 물어 보아야지.'

이반 왕자는 그들이 어머니와 형님들이 있는 곳을 알 거라고 생각했어요.

"좋아요, 돌려드리지요. 하지만 그 전에 제 어머니 아나스타샤 왕비와 형님들이 어디에 있는지 가르쳐 주세요."

"당신의 어머니는 우리 아버지와 함께 있어요. 저기 언덕을 따라 바다를 거슬러 올라가세요. 그러면 금벼슬이 달린 은새를 만날 거예요. 그 새가 가라는 곳으로 따라가세요."

이반 왕자는 기쁜 마음에 그녀에게 허리띠를 돌려주었어요. 그리고 언덕을 따라 바다를 거슬러 올라갔어요.

언덕에 이르자 반가운 두 형님들이 이반을 향해 손을 흔들고 있었어요. 왕자들은 서로 끌어안고 기뻐했어요. 이반 왕자는 형님들과 함께 어머니를 찾아 바다를 거슬러 계속 올라갔어요. 정말 그 아가씨가 말한 대로 금벼슬을 한 은새가 있었어요.

"아름다운 은새야, 우리 어머니 아나스타샤 왕비가 있는 곳을 말해 주렴."

금벼슬을 한 은새는 이반 왕자를 힐금 쳐다보더

137 동궁전, 은궁전, 금궁전

니 아름다운 목소리로 노래를 하기 시작했어요. 그리고 나서 높이 날아올라 한 바퀴를 돌더니 마치 자기를 따라오라는 듯이 서서히 날개짓을 했어요.

이반 왕자는 금벼슬을 한 은새의 뒤를 따라갔어요. 숲으로 들어가니 철판으로 된 조그만 지하 입구가 나왔어요. 은새는 그 입구 위에서 두 바퀴를 돌더니 급히 어디론가 사라져 버렸어요.

이반 왕자와 두 형들은 어떻게 해야 할지 몰라 당황했어요.

용감한 이반 왕자가 말했어요.

"형님들, 제가 몸집이 작으니 이 구멍으로 들어가도록 아버지와 어머니의 이름으로 허락해 주세요. 아마 어머니를 빼앗아 간 검은 악령은 저 구멍 속에 살고 있을 겁니다. 제가 당장 내려가 검은 악령과 싸워 어머님을 모셔 오겠어요."

이반
왕자의
몸집이 제일
작았으므로 형들은
할 수 없이 허락했어요.
형들은 이반 왕자를
두레박에 태워 구멍 속
으로 내려보냈어요.
이반 왕자는 두레박을 타고
끝없이 끝없이 내려갔어요.
얼마나 깊이 내려갔는지
알 수 없었어요.
　이반 왕자는 몇 년 동안을
계속해서 그
구멍으로

난 길을 따라 내려갔어요.
어머니를 생각하며 힘들어도
조금도 쉬지 않고 걷고 또 걸었어요.
드디어 그는 동으로 만들어진 궁전에
다다랐어요.

궁전 주위로 33마리의 아름다운 새가 날고 있었
어요. 새들은 하늘을 훨훨 날다가 땅으로 내려와
33명의 아름다운 아가씨들로 변했어요. 아가씨들
은 궁전의 입구에 앉아서 아름다운 노래를 부르며
반짝반짝 빛나는 아름다운 옷감에 도시와 산과 들
의 아름다운 풍경을 수놓기 시작했어요.

오랜 여행으로 지친 이반 왕자는 그 아름다운 광
경을 보고 힘이 났어요. 이반 왕자가 아가씨들에게
다가가자 가장 아름답고 위엄이 있어 보이는 한 아
가씨가 입을 열었어요.

"안녕하세요, 이반 왕자님?"

그녀는 동궁전의 공주였어요.

"어디로 가세요? 어디로 길을 정하셨나요, 이반 왕자님?"

"공주님, 저는 제 어머니 아나스타샤 왕비를 찾고 있습니다."

"그렇군요. 당신의 어머니가 어디에 있는지 알고 있어요. 아나스타샤 왕비는 제 아버지인 갈까마귀님과 함께 있어요. 아버지는 힘이 세고 영리하지요. 그리고 안 가는 곳이 없이 어디든지 날아다닌답니다. 하지만 아버지는 당신을 보면 틀림없이 죽일 거예요. 자, 이 실타래를 받으세요. 이 실타래를 굴려 실을 따라가세요. 그러면 내 둘째 언니가 당신을 맞이할 거예요. 자세한 이야기는 언니에게 들으세요. 돌아올 때 저를 잊지

말아 주세요."

이반 왕자는 신기한 실타래를 굴렸어요. 실타래는 멈추지 않고 계속 굴러갔어요. 이반 왕자는 새로운 희망에 부풀어 그 뒤를 따라갔어요.

마침내 은으로 만들어진 궁전에 도착했어요. 궁전의 입구에는 33명의 새 아가씨들이 신비한 악기를 연주하며 아름답고 황홀한 노래를 부르고 있었어요. 그리고 그 노랫소리에 맞추어 반짝반짝 빛나는 아름다운 옷감에 도시와 산과 들의 아름다운 풍경을 수놓고 있었어요.

그 중 가장 아름답고 위엄 있는 아가씨가 말을 했어요.

"안녕하세요, 착하고 용감한 이반 왕자님? 무슨 일로 여기까지 오셨나요? 무엇을 찾고 계시죠?"

은궁전의 공주가 이반 왕자를 반갑게 맞이했어요.

"아름다운 은궁전의 공주님, 저는 어머니 아나스타샤 왕비를 찾고 있습니다."

"그렇군요. 저는 알고 있어요. 당신의 어머니는 나의 아버지인 갈까마귀님과 함께 있어요. 아버지는 요정의 세계에서 가장 힘이 세고 영리하지요. 아버지는 산이든 골짜기든 어두운 동굴 속이든 못 가는 곳이 없이 날아다니시지요. 하지만 아버지는 당신을 보면 틀림없이 죽일 거예요. 자, 이 실타래를 받으세요. 그리고 실타래를 굴리세요. 실을 따라가면 첫째 언니를 만날 수 있을 거예요. 첫째 언니가 당신이 어디로 가야 하는지, 그리고 무엇을 해야 하는지 자세히 알려 줄 거예요. 착하고 용감한 이반 왕자님, 돌아오실 때 저를 잊지 말아 주세요."

이반 왕자는 실타래를 굴리고 실을 따라갔어요.

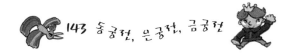

실을 따라 몇 날 며칠을 멈추지 않고 계속 걸어 가던 이반 왕자는 실타래의 실이 끝나는 곳에 금으로 만들어진 아름다운 궁전이 웅장하게 서 있는 것을 보았어요.

이반 왕자는 아름다운 노랫소리를 따라 금궁전 안으로 들어갔어요. 그 곳에는 33명의 아름다운 새 아가씨들이 신비한 악기를 연주하며 노래를 부르고 있었어요. 노랫소리는 이반 왕자의 마음을 더없이 기쁘고 평화롭게 만들었어요. 고운 목소리로 노래를 부르며 아름다운 아가씨들은 반짝반짝 빛나는 아름다운 옷감에 도시와 산과 들의 아름다운 풍경을 수놓고 있었어요.

그 중 가장 아름답고 위엄 있는 아가씨가 입을 열었어요.

"안녕하세요, 이반 왕자님? 어디로 가세요? 어디

로 길을 정하셨나요?"

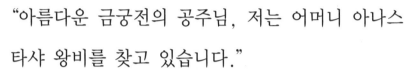

금공주는 지금까지 만났던 동공주, 은공주보다 더 아름다웠어요. 얼마나 아름다운지 눈이 부셔서 눈이 멀 것만 같았어요.

"아름다운 금궁전의 공주님, 저는 어머니 아나스타샤 왕비를 찾고 있습니다."

"당신의 어머니 아나스타샤 왕비는 저의 아버지 갈까마귀님과 함께 있어요. 아버지는 요정의 세계에서 어떤 요정이나 마녀들보다도 힘이 세고 영리하답니다. 아버지는 산이든 골짜기든 어두운 동굴 속이든 못 가는 곳이 없이 날아다니시지요. 커다란 날개를 한 번 휘두르면 어느 곳이라도 갈 수 있지요. 그리고 생각하기도 싫지만, 저의 아버지는 당신이 왕자이더라도 마음에 들지 않으면 당신을 죽일 거예요! 하지만 당신은 착하고 용기

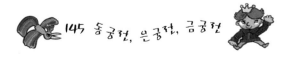

있는 사람이니 당신이 용기를 잃지 않는다면 꼭 어머니를 구할 수 있을 거예요. 자, 이제 당신을 인도할 실타래를 드릴게요. 이 실타래를 굴려 실을 따라가세요. 실이 끝나는 곳에 진주 왕국이 있을 거예요. 그 곳에 당신의 어머니가 살고 있을 거예요. 그 곳에 왕자님의 어머니가 계시답니다. 당신을 보면 아나스타샤 왕비님은 정말 기뻐할 거예요. 하지만 잊지 말아야 할 것이 있어요. 아나스타샤 왕비님은 시녀를 시켜 당신에게 초록색 포도주를 줄 거예요. 그러나 시녀가 가져오는 초록색 포도주를 마셔서는 절대로 안 돼요. 어머니에게 3년 된 포도주를 달라고 하세요. 그리고 잘 구워진 빵의 껍질을 달라고 하세요. 그리고 마지막으로 하나 더, 우리 아버지 갈까마귀님의 정원에는 2개의 물잔이 있어요. 하나는 강한 힘

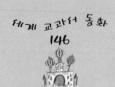

을 주는 물, 다른 하나는 약한 힘을 주는 물이에요. 이반 왕자님, 그 2개의 물잔의 자리를 바꿔 놓고 강한 힘을 주는 잔의 물을 마시세요. 이 세 가지를 잊지 않는다면 반드시 어머니를 구할 수 있을 거예요."

이반 왕자는 오랫동안 금궁전의 공주와 이야기를 나누었어요. 그러다 어느 새 금궁전의 공주를 사랑하게 되었어요. 공주 역시 용감한 이반 왕자를 사랑하게 되었어요.

이반 왕자는 금궁전 공주와 작별을 하고 실타래를 따라 길을 떠났어요.

이반 왕자는 길을 걷고 또 걸었어요. 쉬지 않고 너무도 먼 길을 걸었기 때문에 이반 왕자는 지쳐 있었어요. 하지만 이반 왕자는 잠시도 멈추지 않고 계속 걸었어요. 마침내 금공주가 얘기한 진주 왕국

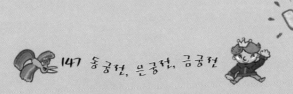

에 도착했어요. 멀리서 어머니가 이반 왕자를 보고 뛰어나왔어요. 그들은 서로를 얼싸안았어요. 어머니는 지쳐 쓰러지려는 이반 왕자를 보고 시녀에게 말했어요.

"유모! 어서 초록색 포도주를 가져와요. 빨리!"

"어머니, 저는 초록색 포도주는 싫습니다. 제게 3년 된 포도주를 주세요. 그리고 잘 구워진 빵의 껍질도 함께 주세요."

이반 왕자는 금궁전의 공주가 말한 대로 3년 된 포도주를 마시고 잘 구워진 빵의 껍질을 먹었어요. 그리고 이반 왕자는 넓은 정원으로 나갔어요. 정원에는 정말 두 개의 잔이 놓여 있었어요.

착하고 용감한 이반 왕자는 한눈에 강한 힘을 주는 물이 들어 있는 잔을 알아볼 수 있었어요.

이반 왕자는 두 잔의 자리를 바꿔 놓았어요. 그

리고 강한 힘을 주는
물이 든 잔을 들어 단숨
에 꿀꺽 마셨어요. 그러
자 온몸에 맑고 신비한
힘이 돌기 시작했어요.
이반 왕자는 세상의 강한
힘을 얻고 지혜로워졌어요.

　이반 왕자는 싱긋 미소를 지으며 하늘을 쳐다보
았어요. 갈까마귀 한 마리가 무서운 속도로 날아오
고 있었어요. 갈까마귀의 두 눈은 검은 악령이 어
둠을 몰고 오는 것처럼 무섭고 두려웠어요. 갈까마
귀는 검은 날개를 펄럭여 약한 힘의 물잔을 낚아챘
어요. 이반 왕자는 용감하게 갈까마귀의 날개에 올
라탔어요.

　이반 왕자를 등에 태운 갈까마귀는 높이높이 날

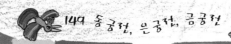

아 올랐어요. 하늘을 덮으리만큼 커다란 갈까마귀
는 계곡으로 산으로 빠르게 날았어요.

갈까마귀가 이반에게 말했어요.

"이봐, 필요한 게 뭐냐? 산만큼 쌓인 돈? 바다만큼 많은 보물?"

"교활한 갈까마귀! 아무것도 필요 없다. 정 내게 무언가를 주고 싶다면 지팡이 깃털을 다오."

"그것만은 안 돼! 유감이군, 이반 왕자!"

갈까마귀는 골짜기와 산과 구름 바다를 빠르게 날아오르며 이반 왕자를 떨어뜨리려고 했어요. 이반 왕자는 갈까마귀의 날갯죽지를 온 힘을 다해 붙잡았어요. 그러자 강한 힘이 갈까마귀의 날갯죽지를 꽉 조였어요.

"아이고, 아파라! 이반 왕자님, 제발 날개를 꺾지 마세요! 날개가 꺾이면 전 죽을 거예요! 대신 지팡이 깃털을 가져가세요!"

갈까마귀는 지팡이 깃털을 왕자에게 건넸어요. 그러자 하늘을 덮으리만큼 커다랗던 갈까마귀가 작

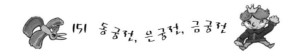

고 평범한 갈까마귀로 변했어요. 볼품 없게 변한 갈까마귀는 까악까악 울며 산 너머로 날아갔어요.

이반 왕자는 진주 궁전으로 돌아와 어머니를 모시고 되돌아갔어요. 그들이 길을 떠나자 진주 궁전은 사라져 버렸어요.

첫날에는 금궁전에 도착했고 다음 날에는 은궁전, 그 다음 날에는 동궁전에 도착했어요. 이반 왕자는 약속대로 금궁전, 은궁전, 동궁전의 공주들을 데리고 함께 길을 떠났어요. 그리고 그 때마다 금궁전, 은궁전, 동궁전이 사라져 버렸어요.

마침내 이반 왕자는 두레박이 있는 곳에 도착했어요. 이반 왕자는 금나팔을 불며 말했어요.

"형님들, 아직 그 위에 계시면 우리를 올려 주세요."

형들은 금나팔 소리를 들었어요. 오랫동안 기다

리던 동생의 목소리를 듣고 형들은 기뻐하며 두레박을 끌어당기기 시작했어요.

제일 먼저 동궁전 공주가 두레박을 타고 밝은 세상으로 나갔어요. 형들은 첫눈에 동궁전의 공주를 사랑하게 되었어요. 그래서 서로 동궁전의 공주를 차지하려고 싸우기 시작했어요.

"무엇 때문에 싸우세요? 저 밑에는 나보다 더 아름다운 아가씨가 있답니다."

그 말에 왕자들은 두레박을 내렸어요. 이번에는 은궁전의 공주가 올라왔어요. 형들은 서로 은궁전의 공주를 차지하려고 싸우기 시작했어요.

"은궁전의 공주는 나에게 더 어울려!"

첫째 왕자가 말했어요. 그러자 둘째 왕자가 화를 냈어요.

"아니야! 나에게 더 어울려!"

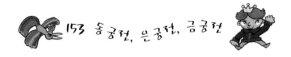

아름다운 은궁전의 공주가 말했어요.

"싸우지 마세요, 왕자님들. 저기 밑에는 나보다 더 아름다운 아가씨가 있어요."

왕자들은 싸움을 멈추고 얼른 두레박을 내렸어요. 드디어 금궁전의 공주가 올라왔어요.

공주를 본 왕자들은 또다시 싸움을 하기 시작했어요. 아름다운 세 공주들이 그들을 말렸어요.

"저기 아래에서 당신들의 어머니가 기다리고 있어요!"

그들은 두레박을 내려 어머니를 끌어올렸어요. 왕자들과 어머니는 서로 끌어안고 기쁨의 눈물을 흘렸어요.

마지막으로 이반 왕자를 끌어올리기 위해 두레박을 내린 두 왕자는 금궁전의 공주가 막내 왕자와 사랑하는 사이라는 이야기를 들었어요.

두 왕자는 이반 왕
자를 절반 정도 끌어올
렸을 때 갑자기 밧줄을 잘
라 버렸어요. 이반 왕자는 끝없이
바닥으로 떨어졌어요. 이반 왕자
는 심한 상처를 입은 채 의식을
잃고 쓰러졌어요. 많은 시간이
흘렀어요.

마침내 정신이 든 이반 왕자
는 처음에는 왜 자기가 상처를
입고 누워 있는지 알 수 없었
어요. 하지만 곧 형들이 두레
박의 줄을 끊었다는 것을 기
억해 냈어요. 형들의 배신에
화가 난 이반 왕자는 품 안에

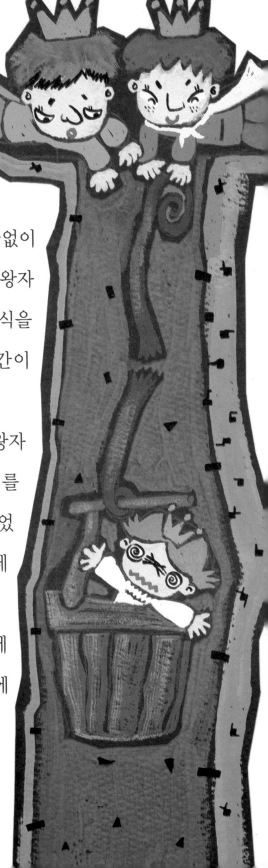

서 요정의 지팡이 깃털을 꺼내 땅에 대고 두드렸어요. 그러자 건장한 젊은이들 12명이 나타났어요.

"무슨 일이십니까, 이반 왕자님? 명령을 내리십시오!"

"나를 세상 밖으로 데려다 줘."

젊은이들은 이반 왕자를 세상 밖으로 데려다 주었어요.

이반 왕자는 형들에 대해 알아보았어요.

동궁전의 공주는 둘째 형과, 은궁전의 공주는 첫째 형과 함께 살고 있었어요. 금궁전의 공주는 첫째 왕자와 둘째 왕자의 청혼을 거절하고 혼자 살고 있었어요.

한편, 가로흐 왕은 금궁전 공주의 아름다움에 반해 그녀를 아내로 맞아들이려고 호시탐탐 기회를 엿보고 있었어요.

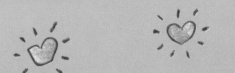

어느 날, 가로흐 왕은 아나스타샤 왕비를 불러 자신과 자식들을 버리고 검은 악령을 따라갔다며 호통을 쳤어요. 그리고 군사에게 명령하여 왕을 배반한 아나스타샤 왕비를 처형하도록 했어요. 왕비를 벌한 후 왕은 금궁전의 공주에게 물었어요.

"나에게 시집 오지 않겠느냐?"

금궁전의 공주는 이반 왕자를 기다리고 있었어요. 하지만 늙은 왕과 틈만 나면 와서 귀찮게 구는 그의 두 아들이 무서웠어요. 그래서 금공주는 꾀를 냈어요.

"위대하신 왕이시여, 만약 제게 치수 없는 장화를 만들어 주신다면 당신과 결혼을 하겠어요. 누가 신어도 누구에게나 꼭 맞고 어울리는 치수 없는 예쁜 장화를 만들어 주세요."

왕은 치수 없는 예쁜 장화를 만들어 가져오는 사

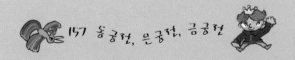

람에게 큰 상을 내리겠다고 전국에 포고문을 내렸
어요.

이반 왕자는 왕국으로 돌아와 한 노인을 일꾼으
로 고용했어요.

"지금 당장 왕에게 가서 내가 치수 없는 예쁜 장
화를 만들 수 있다고 말하세요. 하지만 내가 누
구인지는 절대로 왕에게 말하지 마세요. 아시겠
죠?"

"네, 주인님."

노인은 왕에게 갔어요.

"위대한 왕이시여, 저에게 아들이 하나 있는데
구두 수선공입니다. 그 애가 왕께서 원하시는 치
수 없는 예쁜 장화를 만들 수 있다고 합니다."

"네 아들이 만들 수 있다고? 이것을 가져다가 치
수 없는 장화를 만들어 오도록 해라! 하하, 하지

만 치수 없는 장화를 만들지 못한다면 너와 네 아들은 죽을 것이다."

왕은 신고 있던 장화 한 짝을 벗어 노인에게 주면서 말했어요.

"걱정하지 마십시오. 지혜로운 제 아들이 꼭 치수 없는 장화를 만들어 왕께 바칠 것입니다."

노인은 집으로 돌아와 왕이 준 더러운 장화를 이반 왕자에게 건넸어요. 이반 왕자는 화를 내며 그것을 조각조각 내어 창 밖으로 던져 버렸어요.

이반 왕자는 주머니에서 지팡이 깃털을 꺼내 땅에 대고 두드렸어요. 그러자 12명의 건장한 젊은 이들이 나타나 말했어요.

"무슨 일이십니까, 이반 왕자님? 명령을 내리십시오!"

"나에게 예쁜 장화를 만들어 줘! 누가 신어도 누

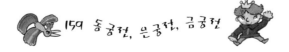

구에게나 꼭 맞고 어울리는 치수 없는 장화를 만
들어 줘!"

이반 왕자가 말한 대로 순식간에 치수 없는 장화
가 만들어졌어요.

이반 왕자는 다시 노인을 불렀어요.

"이 장화를 왕에게 전해 주세요. 하지만 절대로
내가 누구인지 말을 하면 안 돼요!"

"네, 알겠습니다, 주인님."

신기한 치수 없는 장화를 받은 왕은 매우 기뻐했
어요. 그리고 금궁전의 공주를 불러 치수 없는 장
화를 보여 주면서 신어 보라고 했어요.

신기한 장화를 신은 공주는 더욱더 눈부시도록
아름다웠어요.

상금이 아까워진 왕은 노인에게 한푼도 주지 않
고 궁전 밖으로 내쫓았어요.

그리고 금궁전의 공주에게 말했어요.

"공주, 약속한 치수 없는 장화를 만들어 주었으
니 이제 나와 결혼식을 올립시다."

당황한 공주는 다시 한 번 꾀를 내었어요.

"물론이지요. 하지만 위대한 왕이시여, 결혼식
때 누가 입어도 꼭 맞고 어울리는 치수 없는 옷
을 입는다면 정말 기쁠 거예요. 저에게 치수 없
는 장화를 만들어 주셨으니, 치수 없는 옷도 만

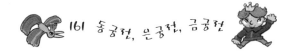

들어 주세요."

왕은 할 수 없이 마지막으로 금궁전 공주의 청을 들어 주기로 했어요.

왕은 누가 입어도 꼭 맞고 어울리는 치수 없는 옷을 만들어 온다면 큰 돈을 주겠다고 포고문을 내렸어요.

이반 왕자가 포고문을 보고 노인을 불렀어요.

"왕에게 가세요. 그리고 치수 없는 옷을 만들 수 있다고 말하세요. 다만 저에 대해서는 말하지 마세요."

"네, 주인님."

노인은 왕궁으로 천천히 걸어 들어갔어요.

왕은 노인을 보자 소리를 질렀어요.

"지금은 돈이 없으니 상금은 나중에 받으러 오너라!"

"아닙니다, 위대하신 왕이시여. 저는 상금을 받으러 온 것이 아니라 제 아들이 치수 없는 옷을 만들 수 있다는 것을 말씀드리려고 왔습니다."

"오, 그래? 치수 없는 옷을 만들어 온다면 이번에는 정말 큰 돈과 값비싼 보석을 내리마."

왕은 이렇게 말하고는 신하를 시켜 노인에게 공단과 벨벳을 내어 주라고 명령했어요.

노인은 집으로 돌아와 이반 왕자에게 공단과 벨벳을 주었어요.

이반 왕자는 가위로 공단과 벨벳을 조각조각 내어 창 밖으로 던져 버렸어요. 그리고 주머니에서 지팡이 깃털을 꺼내어 땅에 대고 두드렸어요. 그러자 12명의 건장한 젊은이들이 나타났어요.

"무슨 일이십니까, 이반 왕자님? 명령을 내리십시오!"

"나에게 예쁜 옷을 만들어 줘! 누가 입어도 꼭 맞고 어울리는 치수 없는 예쁜 옷을 말이야!"

이반 왕자의 말이 채 끝나기도 전에 젊은이들은 아름다운 치수 없는 옷을 만들었어요.

이반 왕자는 다시 노인을 불렀어요.

"이 옷을 왕에게 전해 주세요. 하지만 절대로 내가 누구인지 말을 하면 안 돼요!"

"네, 알겠습니다, 주인님."

신기하고 아름다운 치수 없는 옷을 받은 왕은 매우 기뻐했어요. 그리고 금궁전 공주를 불러 옷을 입어 보라고 했어요. 신기하고 아름다운 치수 없는 옷을 입은 공주는 더욱더 아름다웠어요.

왕은 또다시 상금이 아까워졌어요. 그래서 한푼도 주지 않고 노인을 궁전 밖으로 내쫓았어요.

"자, 이제 결혼식을 올립시다!"

　　왕의 말에 공주는 속으로 애가 탔어요. 왕이 정

말 치수 없는 옷까지 구해 올 줄은 몰랐거든요.

　　공주는 곰곰이 생각한 후에 말했어요.

　　"노인의 아들이 치수 없는 장화와 치수 없는 옷

을 만들어 왔으니, 저는 그와 결혼하겠어요."

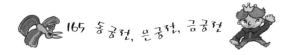

공주의 말에 왕은 머리끝까지 화가 났어요. 왕은 당장 노인의 아들을 잡아 오라고 명령했어요. 군사들이 이반을 잡아 오자 왕은 펄펄 끓는 우유 속에 그를 던져 넣으라고 명령했어요.

이반 왕자는 두려워하지 않고 품 속에서 지팡이 깃털을 꺼내 땅에 대고 두드렸어요. 그러자 12명의 건장한 젊은이들이 나타났어요.

"내가 저 끓는 우유 속으로 들어가는 순간, 세상에서 가장 아름다운 왕자가 되어 나오도록 도와 줘!"

군사들은 이반 왕자를 번쩍 들어 올려 펄펄 끓는 우유 솥 안으로 던졌어요.

그러나 잠시 후 이반 왕자는 더없이 멋있고 아름다운 청년이 되어 솥 밖으로 걸어 나왔어요.

이 모습을 본 공주가 왕에게 소리쳤어요.

"왕이시여, 보세요! 나는 저 아름다운 왕자와 결혼하겠어요. 당신은 나하고 결혼하기에는 너무 늙고 욕심이 많아요."

'저 끓는 우유 속에 들어갔다 나오면 나도 저 젊은이처럼 젊고 아름다워지겠지.'

이렇게 생각한 왕은 끓는 우유통 속으로 뛰어들었어요.

살려 달라고 고함을 지르며 왕이 애원을 했지만 펄펄 끓는 우유 속에서 누구도 왕을 구해 줄 수 없었어요.

두 형들은 동생 이반을 알아보고 무서워서 벌벌 떨었어요. 하지만 이반 왕자는 그들을 용서했어요.

이반 왕자는 금궁전의 공주와 성대한 결혼식을 올렸어요. 이반 왕자는 지혜롭고 너그럽고 착한 왕이 되어 백성들의 존경을 받으며 오랫동안 행복하게 살았어요.

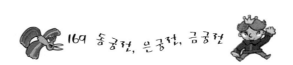

● 상트페테르부르크

러시아 제2의 도시는 발트 해 연안에 자리잡은 상트페테르
부르크예요. 표트르 대제가 1703년에 네바 강 하구에 세운
페트로파블로프스크 요새(왼쪽 사진 앞부분)에서 비롯된 도
시로, 처음에는 표트르 대제(오른쪽 사진)의 이름을 따서
상트페테르부르크라고 했다가 페트로그라드, 레닌그라드로
바뀌었으나 1991년에 본래 이름을 되찾았어요.

300년밖에 되지 않은 도시이지만 지난 200년
동안 제정 러시아의 수도로서 러시아 역사의 중심
무대를 이루었으며, 지금도 공업·문화 도시 및
항구로서 중요한 역할을 하고 있어요.

모스크바보다도 북쪽에
위치하지만 별로 춥지 않대요.

도구에 저울을 새기는 까닭

옛날옛날에 어떤 왕에게 이반이라는 아들이 있었어요. 이반은 참으로 멋지고 아름다운 왕자였어요. 아버지인 왕은 아들을 무척 사랑했어요.

어느 날, 왕이 아들에게 이상한 비밀을 이야기해 주었어요.

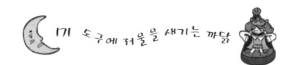

"애야, 너의 누나와 네가 아주아주 어렸을 적에 참으로 이상하고 무서운 꿈을 꾸었단다. 너의 누나가 마녀가 되어서 너를 잡아먹는 꿈이었어. 지금까지 나는 절대로 그런 일이 일어날 리 없다고 믿어 왔는데… 어제 마법사가 산에서 내려와 말하기를, 오늘 네가 당장 왕국을 떠나지 않으면 그 무서운 꿈이 이루어지고, 아버지인 나는 죽는다는구나."

잘생긴 이반 차리예비치는 그 말을 듣고 깜짝 놀랐어요. 이반은 왕국을 떠나고 싶지 않았지만 아버지가 돌아가시면 큰일이라고 생각했어요.

이반은 아버지와 이별을 하고 말을 타고 길을 떠났어요. 날마다 날마다 큰 강가를 따라, 그리고 높은 산봉우리를 넘으며 여행을 계속했어요. 마침내 이반은 하얀 눈이 덮인 산봉우리를 넘어 깊은 숲

속으로 들어갔어요.

　이반 차리예비치는 그 곳에 눌러 살기로 마음먹
고 자그마한 오두막집을 지었어요.

이반은 왕자이지만 굶어 죽지 않기 위해서 가난한 백성들처럼 사냥도 하고 물고기도 잡았지요. 또한 낮이나 밤이나 강가를 거닐며 고향 집과 아버지와 누나를 그리워했어요.

어느 날 밤, 문득 이반의 귀에 부드럽고 가는 누나의 목소리가 들렸어요.

"사랑하는 나의 동생 이반 차리예비치야, 어서 집으로 돌아오너라. 네가 보고 싶어 죽겠어. 어서 빨리 돌아오너라! 아버지가 너를 간절히 기다리고 계셔. 어서어서 돌아오너라!"

그 때 이반은 흐르는 시냇물에 얼핏 스치는 누나의 얼굴을 보았어요. 누나는 몹시 슬픈 표정을 짓고 있었어요.

이반은 물에 비친 누나의 얼굴을 좀더 잘 보기 위해 얼굴을 더 깊이 숙였어요. 그러나 누나의 얼

굴은 순식간에 사라져 버렸어요.

그리운 누나의 목소리를 듣고 얼굴을 보자 이반
은 도무지 참을 수가 없었어요.

이반 왕자는 말을 타고 왔던 길을 돌아서 달리기
시작했어요. 하지만 달리고 달려도 돌아가는 길은
멀고 험하기만 했어요.

숲을 거의 다 빠져 나왔을 때, 갑자기 커다란 나
무가 쓰러졌어요. 이반은 길을 가로막는 나무를 피
하려다 넘어져 다리를 다치고 말았어요.

가엾은 이반은 아픈 다리를 질질 끌며, 자신의
앞날에 무슨 일이 기다리고 있는지 알지도 못한 채
집을 향해 쉬지 않고 걸었어요.

드디어 눈앞에 아버지가 계신 궁전이 보였어요.
그런데 멀리서 종소리가 들렸어요. 그 종소리는 왕
의 죽음을 알리는 소리였어요.

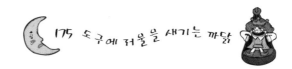

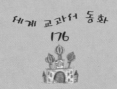

이반 차리예비치는 슬프지만 한시바삐 누나를 만나기 위해서 발걸음을 빨리 했어요.

저 멀리 이 쪽으로 다가오는 누나의 모습이 보였어요. 이반을 맞이하러 나온 게 틀림없었어요.

누나 뒤에는 망나니 두 명이 거대한 저울을 들고 따라오고 있었어요. 맨 뒤에는 무섭게 생긴 사람이 어깨에 어마어마하게 큰 도끼를 메고 있었어요.

누나는 동생 이반의 손을 꼭 잡았어요. 이반은 무섭고 두려워서 꼼짝도 할 수 없었어요. 심장이 멎어 버리는 듯했어요.

누나는 이반에게 살며시 다가와 다정하게 말했어요. 달콤한 거짓말을 말예요.

"오, 나의 사랑하는 동생 이반 차리예비치. 드디어 네가 우리에게 돌아왔구나! 그런데 어쩌니? 아버지는 얼마 전에 돌아가셨단다. 너무도 슬픈

망나니 : 죄인의 목을 베는 것을 직업으로 삼던 사람.

일이지. 아버지께서는 여기에 유언을 남기셨어. 저기 저울 보이지? 너는 한 쪽에 앉고 누나는 다른 한 쪽에 앉아서, 가벼운 사람이 이 나라의 왕이 되는 거야. 이것이 아버지가 남기신 유언이란다. 하지만 여기서 왕이 되지 못하면 저기 저 사람이 들고 온 도끼에 목을 잘리는 사형에 처하게 되는 거야."

누나는 더 뚱뚱하고 무겁게 보이려고 일부러 두꺼운 옷을 껴입고 있었어요. 누나가 속임수를 쓴다고 의심하는 사람은 아무도 없었어요.

"자, 나의 사랑하는 이반 차리예비치.
골라 보렴. 네가 왕이 될 수 있는 기회야!
어느 접시에 올라가 앉고 싶니? 오른쪽?
아니면 왼쪽? 네가 고르고 나면 나머지
것에 내가 앉으마."

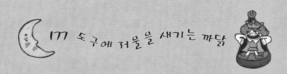

177 도구에 저울을 새기는 까닭

그러나 이반에게는 어느 쪽이나 마찬가지였어요. 그는 누나가 자기보다 더 가볍다는 사실을 잘 알고 있었거든요.

이반은 '아버지가 왜 이런 무서운 유언을 남기셨을까?' 하고 생각했어요. 그리고 저울 앞에 서서 어느 접시에 앉을지 한참을 고민했어요. 마침내 이반은 저울의 왼쪽 접시로 다가가서 앉았어요. 그러자 누나는 오른쪽 접시에 앉았어요.

그런데 이게 웬일일까요? 기적이 일어났어요. 누나가 앉은 접시가 툭 끊어져 버렸어요. 누나는 꽈당 소리를 내며 땅에 떨어졌어요. 이것은 기적이 아니라 저울의 고리 때문이었어요. 누나가 앉은 접시에 달린 고리에 금이 가 있었던 거예요.

영리한 이반은 두려워하지 않고 조심스럽게 저울을 살펴보고 고리가 멀쩡한 쪽의 접시를 선택했

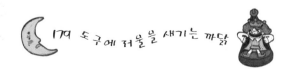

던 거예요.

곧바로 망나니가 아버지의 유언대로 누나의 목을 도끼로 베었어요. 그러자 누나의 얼굴이 마녀의 얼굴로 변했어요. 그제야 이반은 무서운 유언을 남긴 아버지의 뜻을 깨달았어요.

착하고 지혜로운 이반은 아버지의 왕국을 이어받아 훌륭하고 착한 왕이 되었어요.

그는 모든 도구에 저울을 새기도록 명령을 내렸어요. 공평하고 올바름을 나타내기 위해서 표시하게 한 것이지요.

아직도 러시아에서는 이반 차리예비치를 기리기 위해 도구에 저울을 새기고 있대요.

엄청 큰
케이크?
정말?

그래! 생크림을
씌운 엄청나게 큰
케이크야!

배가 고팠는데
잘 됐다!
빨리 먹어야지!

안됐지만 안드레이,
우리가 먹을 게
아니야. 손님들께
대접할 거야.

아, 너무해!
그럼 우린 구경도
못 하겠네?

구경하는 정도는
괜찮을 거야!

앗! 누나, 엄마가 케이크에 손대지 말랬잖아.

어디 한번!

안드레이, 먹으려고 하는 게 아니야. 생각을 좀 해 봐.

케이크는 금방 상한다고. 만약에 손님이 먹고 배탈이라도 나면 어쩌니?

하긴 그래.

그래서 내가 손님들을 위해 케이크가 상했는지 알아보려는 거야.

냠~♡

맛이 어때?
상하지 않았어?

글쎄…, 잘 모르
겠는걸. 더 맛을
봐야 알 수 있을
것 같아!

그럼 나도
맛을 볼래.

음~. 이 케이크는
확실히 상하지
않았어!

그래! 하지만
이걸로는 부족해!

논술 기초 다지기

재미있게 읽어 보았나요? 다음의 문제를 풀면서
논술의 기초를 튼튼하게 다져 보세요.

1 ( ) 안에 알맞은 말을 아래에서 찾아 번호를 쓰세요.

★ 눈사람 아가씨는 창 밖을 보며 ( ) 눈물을 흘렸어요.

★ 눈사람 아가씨는 신음 소리를 내며 ( ) 사라졌어요.

★ 거지는 하루도 ( ) 대문 앞에 앉아 있었어요.

★ 이고르는 이 호수에 황금 물고기가 있을 거라고

 ( ) 믿었어요.

★ 이반은 다리를 ( ) 끌며 집을 향해 걸었어요.

★ 다행히 저 ( ) 오두막집이 보였어요.

① 질질	② 서서히	③ 빠짐없이
④ 하염없이	⑤ 멀리	⑥ 굳게

2 〈덫에 걸린 여우〉에서, 여우는 무엇을 받고 쿠지마를 부자로
만들어 주었나요?

① 멋진 나들이 옷　　② 저울과 양동이

③ 버터를 발라 구운 기름진 닭　　④ 늑대 40마리

3 〈황금 물고기〉의 주인공 이고르에게 하고 싶은 말을 마음껏
써 보세요.

4 예전에 러시아에서는 모든 도구에 저울을 새겼대요.
저울은 무엇을 뜻했을까요?

① 왕에 대한 충성

② 공평함과 올바름

③ 사랑과 기쁨

5 〈눈사람 아가씨〉를 재미있게 읽어 보았나요?
눈사람 아가씨를 그려 보세요.

6 러시아 하면 떠오르는 것을 마음껏 써 보세요.

7 〈달걀 속에서 태어난 못난이〉를 재미있게 읽었나요?
못난이네 형제는 모두 몇 명이었나요?

① 40명   ② 41명   ③ 15명   ④ 10명

8 각 동화의 제목을 재미있게 바꿔 보세요.

★ 〈왕자와 거지〉 →

★ 〈착한 바실리사〉 →

★ 〈동궁전, 은궁전, 금궁전〉 →